U0044756

2011 年，我剛好 34 歲，「忠南海」也正式奠基。

此時，我的妻子漂亮，幾個孩子健康可愛，還事業有成，擁有豪宅豪車，甚至一呼百應……

但從此以後，所有人都對我莫名其妙地產生厭惡感。而所有不好的事情都不偏不倚地發生在了我身上：破產、妻離子散、債務纏身、還接連險遇牢獄之災……最終，我也從萬人迷成為眾人恨。

三伯告訴我，當我每次在修忍辱修到差點要死的時候，眾神也不忍心看著我死，紛紛捨身下凡救我。

我這樣一個負債上千萬的落魄中年男人，妻離子散、四海為家、生不如死，差點要跳珠江了，又怕污染了珠江的水源……

那時候想起三伯的話，他說這個世界上將會出現紫薇聖人。因為紫薇聖人大公無私和堅強勇敢的精神深深地感染了我，特別是保持呼吸就會有奇蹟……

於是我每天都保持著鼻子通暢，天塌下來，我也選擇自強自立。很幸運，我遇到了哪吒，讓我從一個落魄的中年男人慢慢走向了花好月圓。

哪吒，是我的命中貴人。

我和哪吒的緣分離不開顏靚和前妻小燕。2008 年，因顏靚買豐田凱美瑞汽車，我結識了哪吒。那時候，我們互相只留下了電話號碼，後來基本上也沒什麼聯繫。2013 年，因為微信興起，我有機會加了哪吒的微信，但也沒怎麼往來。這一年，小燕已經和我分居。我經常會發小燕與孩子們的照片到朋友圈，她們慢慢引起了哪吒的關注。

有一天，我把顏靚的照片放在朋友圈裡，哪吒終於點贊了一下，並對我說，認識這個長著長頭髮的顏靚。後來，因信用卡巨大惡意透支罪，正準備被抓的我發了個朋友圈說：「以後再也看不見希望的太陽了。」當知道事情的真相後，只有一面之緣的哪吒，第二天就踩著風火輪極速拯救了走投無路的我……

「2014 年，你和道明、道白還有哪吒來到我家裡，我就預言你會在 2019 年 3 月分看見麒麟降世……如果真有紫薇聖人的存在，除了會感應麒麟寶寶誕生，還會感應一個和爾薩及齊天大聖有緣的人出生，我估計這個我稱之為小爾薩的寶寶會是哪吒的二太子。」三伯曾經對我說道。

後來，哪吒踩著風火輪迎難而上成為兩個孩子的母親時，她說這個世界上有一種比鋼鐵還要有硬度的叫為母則剛。

感恩哪吒，讓我想起寫給她的原創歌曲。

「人海裡浮沉悲與喜，

你令我爭氣。

感激在這一世，在高處中跌低多得了你，若然挺起別忘記，皆因有你……」

三伯對我說：「現在，我點一盤鬼谷子托夢給我的配方、經我手工研製而成的純天然中草藥香，這香我稱之為心香，心香不含任何化學成分，有淨心、救心、提神醒腦的效果，常聞對身體的健康百利而無一害，更重要的是還有通神的功能。

你必須要把《燒餅歌續集》36 章全寫好，把心香發揚光大（2020 年能派上用場），輔助紫薇聖人繞過滅世之路而救世，讓人間煉獄最終成為人間天堂。

但凡遇到窮困潦倒的人時，你還是要送心香給他們，因為心香能讓人走向好運，當他們走出困境的時候也會再幫助其他受苦眾生的，贈人心香會有無限量功德。

當每一個人聞心香而聞出菩薩心腸的時候，當每一個人看清自己而把自己變好的時候，其實每一個人都是聖人，誰是真正的紫薇聖人已經不重要了，因為這個時候，天堂不一定在天邊但肯定在每個人的身邊……」

白小姐，深圳龍哥的租客，自己經營著一家診所。她在知道自己患上白血病時，想過輕生，把省下的錢給更多需要的人。幸好經過龍哥和大家的各種幫忙後，她才漸漸轉變了心意。

後來真正讓我覺得不可思議的，是深圳龍哥傳來的更特大好消息：原本要輕生的白小姐，看過《燒餅歌續集》後，受到了鼓舞，她的白血病經過正規醫院治療，好了！

當消息傳來的時候，我是心花怒放的。

《燒餅歌續集》不單單幫助了許多無助的餅粉，還幫助了當時臥病不起差點為情自殺的我媽和曾經鬼迷心竅的我爸，最重要的是如今能幫助到哪吒一家人，更希望如三伯所願，能幫助到天下蒼生。

感恩《燒餅歌續集》讓我結識了很多有大愛的餅粉，這些餅粉比親兄弟還要親，因為他們的出現，《燒餅歌》才會有續集。

三十年河東三十年河西，人生無常世事難料，我做夢都沒有想過自己會破產，可是，世間的無常，常常就在你的身邊出現。當我接受了破產的時候，身邊的朋友完全無法接受，一個個與我漸行漸遠……

我的父親叫劉忠南，他曾經驕傲地說過誰有困難都可以找忠南，但是當他的兒子中年破產遇到困難時，才發現誰遇到困難時最應該要找的是自強。一個藏傳佛教的女上師曾對著我道：「你的未來還有很多苦要熬，只是為了鋪好路讓轉輪聖王出山，再多的苦難也是值得的，畢竟犧牲你一個人幸福六道眾生也是一種幸福。」

上知天文下知地理的內蒙古強哥，他看了《燒餅歌續集》後盛情邀請我到海南島做客，一個晚上我們都在聊紫薇聖人的事情。內蒙古強哥再三強調，如果轉輪聖王亦稱紫薇聖人在世，必定會感應優曇花開。佛家認為三千年一開的優曇花象徵著轉輪聖王出現世間！

想不到深信紫薇聖人存在的內蒙古強哥，居然在我們徹夜長談的石凳旁發現了在石頭裡長出的「優曇花」這個物證。

其實《燒餅歌續集》所發生的每一個故事，都是如今社會的真實寫照，這些故事能讓身陷囹圄的眾生重拾信心走出困境。特別是當手捧心香仰望北斗七星虔誠地祈禱時，看到作惡多端的與行善積德的眾生的各自結局，這一切加快了我寫《燒餅歌續集》的腳步，希望此書能讓眾生回歸善良的初心。餅粉們貢獻的《燒餅歌續集》金句：

善良，是最好的風水。

一個人來到世上不容易，所以要珍惜生命、學會感恩。

幫人者幫己，自助者天助。

一切都是最好的安排。

保持呼吸，就能創造奇蹟。

當你心裡沒有一個敵人的時候，你便會天下無敵。

人生自古誰無死，如果生命只剩下最後一秒鐘，我都希望這一秒鐘用善的文字書寫好人有好報的故事，留下善的種子利益眾生。

燒餅歌公眾號二維碼

聯繫作者郵箱：631078@qq.com

網站：www.liuxiubing.com

尋找紫薇聖人
燒餅歌續集（上集）
劉修炳／著

序

「我能有今天的成就和幸福，感恩所有的一切。感恩父母，父母給了我生命，有了生命我才能擁有命運。願眾生的苦我一個人受，願所有的福眾生一起享，天堂那麼大，一定要把宇宙裡所有的眾生裝下。只要能讓眾生幸福，入十八層地獄也在所不辭。」

「你說願眾生的苦你一個人受，願所有福眾生一起享。可是，為什麼你現在什麼苦都沒有，世間上所有的福都被你一個人享盡。你父母美滿，你妻子漂亮，你孩子健康可愛，你事業有成，你有豪宅豪車，你一呼百應……你才 34 歲，你何德何能擁有這美好的一切？而我們，卻受盡了無數的苦難！你許的願，如果老天有眼，一定要執行下去。」

果然，天遂人願。

我，劉修炳，本名劉傑鵬，1977 年生，中國廣東清遠連山人。

2011 年，老家「忠南海」奠基那天，我竟趕上了全宇宙最破的日子。

劉伯溫轉世的三伯說，自此我會熬盡人間的苦難。

從此所有人都對我莫名其妙地產生厭惡感。

而所有不好的事情都不偏不倚地發生在了我身上。

破產、妻離子散、債務纏身、還接連險遇牢獄之災……

最終，我也從萬人迷成為眾人恨。

三伯說，善良下去一定能戰勝一切苦難。

這也讓活不過 2011 年的我，因為這句話，竟然奇蹟般地活到了現在。

後來，三伯告訴我，當我每次在修忍辱修到差點要死的時候，眾神也不忍心看著我死，紛紛捨身下凡救我。

2002 年，我在廣東巧遇劉伯溫轉世——三伯。三伯，本名盧寶林，繼承了爺爺和父親的天命，尋找一位神祕人物——紫薇聖人。

三伯竟然對我說，當我把這本以我親身經歷為內容的《燒餅歌》續集寫完時，紫薇聖人將從《燒餅歌》的餅粉中脫穎而出，開啟救世之路。三伯還說，只有我能找到他。

紫薇聖人，這人究竟是誰？

為什麼只有我，能找到紫薇聖人？

我的經歷又和找紫薇聖人有什麼聯繫呢？

目錄

第一章：易經高手三伯處處留玄機，風水真的存在嗎？八字重要嗎？

「謝霆鋒」扮演者，真名為黃寧

蒼茫宇宙中，繁星點點，每一顆星辰都在它應有的軌跡中運行。

我們都知道，在這些多不可數的星球中，地球是很獨特的。

蔚藍的地球，看起來如同海洋一樣，給人一種清心靜氣的感覺。

地球運轉 46 億年，人類創造了很多文明。而在這些文明之中，有一些玄乎的東西一直都在閃閃發光，吸引著人們的注意力，它們在民間被統稱為靈異術，比如：相術、風水堪輿、奇門遁甲等。

這些東西基本上是存在於神祕的東方國度——古老而年輕的中國。

而在地大物博的中國，玄妙之學可謂深不可測。

古有聖王伏羲女媧、軒轅氏、《河圖》、《洛書》、《黃帝內經》。這些東西都是上古時代的精華，對華夏五千年文明有著很深遠的影響。

之後經過歷朝歷代發展，周文王演繹八卦為六十四卦；春秋戰國，百家爭鳴，更是促進上下九流之術的蓬勃發展……

雖然新中國成立後，施行破四舊政策，但有些東西還是真真實實、虛虛幻幻，存在的、不存在的，誰也說不清。

以上說了這麼多話，我的目的主要是想說：接下來的故事，其實都是有跡可循，都是真實存在的，不論你相信與否，我說的這些事都相當精彩。

我叫劉修炳，廣東清遠連山人。民國時期，爺爺跟隨著他的哥哥從湖南遷移到連山這個風景優美的地方，落地生根，隨後衍生了我。我，有一顆不羈的心。很小的時候，我就想出去闖一闖，希望成就一番大事業，然後衣錦還鄉，成為一方「土豪」。

連山，地處南嶺五嶺之一的萌諸山脈之中，位於粵、湘、桂三省（區）結合部，在北緯二十多度左右。這裡較長的日子是比較悶熱的，雖然也有冬春四季，但是與北方比起來，這裡的四季表現得並不是特別明顯。

廣東，這裡自古就是一個彙集了玄幻和夢幻的神仙之地，也是道教之術的流傳之地。

如果你喜歡道教，應該多多少少知道一些道家故事，比如著名道士葛洪便是在廣東之地坐化登仙的。

而我最敬服的一位神祕老前輩——三伯，也是廣東人。

三伯，廣東羅定人，羅定屬六祖慧能出生地旁，他本姓盧。其父親和爺爺都是易經高手，能預測和洞察未來，說起來有點不可思議。

三伯是我命中的貴人，若不是三伯，我的一生肯定過得很令人悲憫。因為三伯對我命運的預測之準確，讓我甚至有點懷疑自己是不是在做夢。

未遇到三伯之前，我是一個徹頭徹尾的無神論者，對自己的世界觀很是堅定，但是後來遇到的一些事情，讓我的信仰徹底改變了過來。也是因為三伯，我才發現我身上存在的一些特殊能力，比如我發現唐朝時期，袁天罡袁大天師《推背圖》上的每一卦圖演繹出來的事情其實都是真實存在的，這些日後我都會慢慢道來。

為什麼我會稱呼三伯為三伯？這裡面的故事並沒有一匹布那麼長。

第一次認識三伯的時候，不是在什麼風花雪月的地方，也不是什麼春暖花開的季節，而是在冬季。

廣東的冬季，是非常潮濕和陰冷的。冷風吹拂著冰冷的雨水，帶來的是入骨的寒冷。

那一夜，月黑風高。

我清楚地看到，三伯手裡拿著一個羅盤，站在一間木屋子前。他嘴角呢喃著一些我聽不太懂的話，左右腳踩踏著七星步法，正在給一家人看風水，選墓地。

當然，與三伯的相識，得益於我前妻和前岳父的種種千絲萬縷的聯繫。

說起來話長，所以在這裡我得好好敘述一下。

早在 2002 年，我就和前妻相識了。

跟大多數情侶一樣，我們沉醉於風花雪月，而在一個風花還不算雪月的夜晚，我們便很自然地結合了。

當漫山菩提成熟，周圍蕩漾著一種很溫和、很溫馨且伴有一絲絲清香氣息的時候，前妻的肚子裡有了我們的愛情結晶。

不過那個時候，我也正在跟她鬧矛盾，以至於我們都有了分手的打算。但是在肚子裡的生命面前，我們最後決定克服困難攜手同行。畢竟我們不能太自私，不能讓孩子出生後就過著單親家庭的生活。

於是，經過我們商定後，我鼓起勇氣帶上挺著肚子的前妻回到連山，我要當著前岳父的面提親。

不過在見到前岳父之後，卻發生了一些小波折。

前岳父是一個頗為信命的人，也懂一點玄學之術，比如《易經》。

前岳父的這些知識，後來我才知道是跟三伯學的。

記得那天，天空飄著雨水，遠處山峰看起來如同披了一層薄霧，迷濛不清。

可是想起來，卻更令人回味，倒是符合「我見青山多嫵媚」的景致。

當我面見前岳父，他先是打量了一下我，猶如看一個初生嬰兒那般看著我。他的眼裡閃爍著一絲絲光亮，看起來甚是精神。

他說：「修炳，把你的生辰八字給我看一下。」

當時我有些奇怪，感覺前岳父有些神神叨叨的，他問我八字幹什麼？

不過，因為是要跟妻子結婚，我馬上就要成為他的女婿，他也要升級為我的岳父，不過他這一關恐怕不現實。故此，我就把心裡的疑惑壓下去，把自己的生辰八字說了出來。

他聽了我的生辰八字後，沉默半晌，微微一歎氣，搖了搖頭。

隨後他眉頭皺起，看起來很是疑惑。我清楚記得，當時他說：「貌似有些不對勁，難道還是我看錯了？」

前岳父並沒有立刻同意我跟前妻的婚事，只是說讓我們等一天，他有些事情要去解惑。

我當時差點笑出聲來，前岳父神神祕祕的，難不成我的生辰八字他不中意？

如果真的如此，是不是意味著，他會果斷慫恿前妻打胎，然後叫她甩了我，讓我重新變回一個光棍，年年跟馬雲的雙十一混日子？

我看著前妻，前妻看著她的肚子，她緩緩說：「不要擔心，等一天就好了。」

雖然前妻如此安慰，可我心頭還是生出一絲疑惑。

莫非我的生辰八字和面相手相都不好嗎？純屬無稽之談吧！

雖然自己是無神論者，但被前岳父這麼一說、一看、一驚、一乍，我的心裡還是有些不太舒服。

夜晚，雨水潮濕，整個空氣都充滿著冰冷的味道。我在燈下看著自己的手掌，但是看不出來什麼所以然來。

忽然間，在燈光下，我發現我的手掌心的紋路有些奇怪，有點像一個字。

可是具體是什麼字，我還看不出來。

一天後，前岳父從山外回來了。

他看起來心情不錯，把我拉到面前，再次打量著，如同看著一件珍貴的寶貝一樣。我被前岳父看得心裡有些發毛，他看起來怪模怪樣的，跟之前歎息的樣子截然相反。

接下來的事情就很簡單，前岳父同意我和前妻在一起了。

事後，我非常奇怪，為什麼前岳父前後反應迥然不同，到底是什麼原因呢？

我很好奇地問前妻，前妻一開始支支吾吾的不回答。

她說：「你是一個無神論者，我說了你也不相信。」

可她越是這樣，我就越是好奇，最後前妻拗不過我，便把原因說了出來。

她說父親之所以要我等一天，是去見三伯。

我當時眉頭一皺，心下更為狐疑：三伯是誰！

他明顯是跟前岳父說了些什麼，不然前岳父前後的表現，絕對不會差距那麼大。

也就是從那個時候起，我才發現這個世界上有三伯這個人的存在。

後來，萬萬想不到，三伯會成為我這一生的貴人！

而大女兒千蔓的出生，也跟三伯有關係。如果不是他之後的果斷點頭，估計千蔓的登陸點就變成了火星，而不是如此美好的水藍色星球——地球。所以，我們很感恩。

對於三伯的神祕，我一直猜不透，心裡總有塊疙瘩解不開。

但是有句話說得好：有緣的人，始終都會碰到一起，並且摩擦出一些不可思議的火花。

還記得上文中，我提到過第一次跟三伯相遇，是在一個月黑風高的夜晚，他正在幫人家看風水，找墓穴。

等三伯忙完後，我才有機會近距離跟他接觸。我發現三伯長得實在是太匪夷所思，好吧，用異於常人來形容或許會更好。

他的鬍子基本上都長在眉毛上，翹翹的眉毛似乎會說話，只是我看不懂。

三伯的一雙眼睛也深邃無比，不僅如此，還如星辰一般明亮，很難想像年過花甲的他會如此精沛過人。

後來我才知道，這一切都是三伯養生有道，正是他修煉的玄門術法使他看起來精神矍鑠。

三伯一見到我，微微一笑。他說：「小夥子，我早就聽說過你，你很不簡單吶。」

接著，他又說我祖上的風水很好，但我爺爺剛找的墓地風水卻不太好⋯⋯

聽了三伯的話，我覺得有些不可思議。這事情也有點神奇！因為我最近的確在找人幫忙安排遷移爺爺的骨灰，好讓爺爺入土為安。

可是關於爺爺的這件事情，我並沒跟他說呀，他倒是瞭若指掌！這老頭有古怪！

三伯對我的話，笑而不語。沉默了一會兒後，他說自己懂風水之術，從我面相的一些變動自然能夠看得出來端倪。

對於墓地風水的選擇，我一開始是一竅不通的，以前只知道入土為安的概念。在三伯的指點下，我後來才慢慢明白，人生前身後都要講究，就跟我們活著的時候一樣，人死了之後，也要讓他們睡得舒服。而這僅是中國人幾千年積澱下來的獨特風水文化的一部分。

「我知道你是一個受過科學教育的人，可是這世界上有些東西，你們的科學是無法解釋的。我想你也知道，這個世界上有很多未解之謎，如果你用另外一些方法來看，你會發現，其實並不那麼難。當然，我現在跟你說這些，你可能還是不懂。不如這樣，我給你講一個真實的故事。這個故事說完後，你如果還疑惑，可以再去詳實地問一下你岳父。」三伯辦完事情後，帶著我來到他的住所。

他居住的地方很簡陋，是一座小山丘下的泥磚屋。

泥磚屋兩邊有兩座山峰，後來我才知道，這叫做「左青龍，右白虎」；而且泥磚屋前方有一個活水流動；最前方還有一座「岸山」；它們正好符合上好風水的所有要求。

進入三伯居住的地方，我發現這裡的空氣十分清新，使整個人神清氣爽、充滿力量。

屋子裡面雖不能說藏書萬卷，但至少也有上百本書，不過它們都是一些關於玄理命學、風水堪輿、易經八卦之類的。我不由自主地心生感慨，三伯真是博學多才啊！

對於這些，我都沒怎麼在意，畢竟這些東西都是華夏古典文化，想要看透也不是很容易。

接著，三伯讓我坐下，並開始泡茶。

泡茶的時候，便開始講述我前岳父的過往。

前岳父以前是我們老家的首富，其致富經歷，頗有點神鬼莫測。

事後，我向前岳父專門求證過。前岳父竟說，三伯所講句句屬實。

前岳父的發財致富故事雖說有些離奇，可仔細一想，卻是在情理之中，當然這一切離不開三伯的指導。

三伯和前岳父並沒有血緣關係，只是當年前岳父在挖黃金挖得兩袖清風的時候，三伯特地給他指點了一下，讓他堅持往某個方向挖。

對於三伯，前岳父可是佩服得很，所以他就按照三伯的指引繼續挖下去。

在挖了十米左右的時候，前岳父忽然挖出了當時價值兩千多萬人民幣的黃金。兩千多萬的黃金！說起來真有點天方夜譚，說實話，一開始我也當成故事聽聽而已。

事後，前岳父自然是把三伯當親哥一樣對待。他除了給三伯一兩百萬作為報酬，還把所有的風水都重金聘請三伯指點迷津。

三伯的傳奇故事比傳銷還要洗腦，尤其是關於看風水方面，可是遠近聞名。

據說，我們縣城縣府的風水就是縣長老爺專門邀請三伯，讓他幫著看的。

三伯出名後，一些官員也都請三伯去幫他們看風水，這些人最後都成了高官。

值得一提的是，前妻的一個堂姐夫因為相信三伯的風水，竟使他從一個貧窮的小司機變成一個隨時可以掏出幾千萬的大富翁……

只不過，我雖然聽聞了三伯的一些神蹟，也親眼看到過他幫別人選墓地，但我這顆與時俱進的大腦，對他做的有些事情還是保持懷疑的態度。

在我看來，雖然三伯真的有點不同尋常，但是他畢竟是專門研究這一類學術的。

俗話說得好，久病成醫。他看了這麼多書，也有這麼多的經驗，自然能夠成為風水「專家」。

故此，對於風水來說，我始終保持著半信半疑的態度。

可有時候，不相信是一回事，一旦事情真的發生在眼前，而且還親身經歷，就不得不相信了。

這就要從我爺爺的墓地說起了。

這件事情讓我以後對三伯有了更深的認識，也對他的看法有了根本性的改變。

上文提到過，三伯見到我的時候，說過我祖上風水不錯，可是我爺爺的墓地似乎有些問題。

當時，我不以為然，隨後便拋於腦後。只是後來不知道怎麼回事，爺爺的墓地有問題這件事，竟然被叔叔知道了。

爺爺的風水是叔叔找人看的，叔叔也深聞三伯大名已久，是三伯的忠實粉絲。

所以在矛盾中，叔叔帶我去找當地有名的米仙算了一卦。這位米仙是當地著名的神婆，傳聞能招鬼魂、傳陰語，我還真的不太相信！只是為了尊重叔叔，我還是不得不陪他跑一趟。

遇到米仙後，我之前的世界觀再次如同冰山被輪船撞了一下，震蕩不已。甚至開始懷疑人生，我懷疑三伯就是劉伯溫再世。

第二章：嬌豔米仙語出驚人，真有通靈人？真有紫薇聖人？

左邊的大軍和右邊的細龜是真的

第一次見米仙，她比我想像中要年輕、漂亮得多。

米仙留著一頭黑色的秀發，高高的額頭配以彎彎的眉毛，一雙靈動十足的黑眸不時地閃著亮光，身體修長且婀娜多姿，胸脯飽滿，纖腰如柳，簡直就能把看破紅塵的和尚重新還俗為風流之民。

當天，她穿著一件黑色連衣裙，看起來如同黑色玫瑰那麼嬌豔。

準確來說，她的魅力能夠比得上某些當紅明星。

如果我當時尚未娶妻生子，說不定我會嘗試讓她留個電話什麼的，方便日後聯繫。哈哈，你們懂的！

當米仙撮了一把米上香的時候，臉色突然比抹了「白大大」還要白，她閉上眼的瞬間，語氣比家裡的冰櫃還要陰冷：「你爺爺……」

米仙說到這裡忽然停頓下來，她的舌頭好像被什麼給纏起來了，卷起來如同菜卷，沒有繼續說下去。

隨後，她的一雙眼睛忽然朝上面翻起，露出眼白，此時的她看起來有些恐怖，比僵屍電影裡面那些僵屍還要詭異得多。我很難想像，剛才還是那麼漂亮嬌豔，看起來聖潔而不可侵犯、身上散發迷人氣息的米仙會變成現在這個樣子。

站在我身邊的前妻伸出雙手，緊緊攥著我的胳膊，手上不時傳來絲絲顫抖。

我感覺得出來她當時十分害怕，出於丈夫應有的擔當，我伸出手輕撫著前妻，低聲安慰她不要擔心、害怕，這些只不過是騙人的把戲！

當然，後一句我沒有說出來，畢竟前妻還是十分相信米仙的，我不想當面打擊她。在大帥哥劉修炳面前，米仙還是太嫩了！

前段時間，前岳父讓前妻喝了一些他從三伯那裡專門求來的「祕方」。不知是心理作用還是真的好使，前妻的心情和身體確實好了很多，焦慮也少了，她跟我的關係也漸漸趨於緩和。隨著時間的流逝，我們再次如膠似漆、耳鬢廝磨，這讓我找回了熱戀的感覺。

所以，這一次我們有求於米仙，前妻非要跟過來，我自然沒有拒絕。

前妻在我的安慰下，她的情緒慢慢和緩下來，眼神裡的擔憂也一掃而空。

我記得當時，前妻情緒安定後，從紅色包包裡拿出來一個筆記本，專門記錄米仙跟我的對話。

前妻做事情很認真、細緻，她擔心某一天我會忘記這些事情，故此，特地記錄下來。

當我聽到，米仙說到「你爺爺」這三個字時突然停頓，且看著她有些恐怖的面容，我突然反應過來，便急忙插了一句：「快點說，我爺爺到底怎麼了？」

米仙依舊是翻著白眼，但是卻一直面向著我，給人一種很奇怪的感覺，似乎她一直在盯著我。我雖然膽子不小，但全身還是起了一層雞皮疙瘩。心想「這米仙裝神弄鬼還真有一套，搞得像真的一樣。」

接下來，米仙的身體開始顫抖，兩只飽滿的胸脯波濤洶湧，弄得我不時多看了一眼。她雙手慢慢舉了起來，嘴裡呢喃著一些嘰裡咕嚕的、或許可以稱之為咒語的天機之語。

突然，她大喝一聲「呔」後，開始道：「你爺爺說很想回連山，他說他住在殯儀館的三樓很吵，樓下的小男孩經常哭鬧。而現在你們找給他的墓地是女人的，跟他不匹配，陰氣實在是太重，恐怕他將來會受不了……」

米仙說完這些話，舉起來的雙手慢慢放了下來。

不過，她的雙手卻交叉，兩手食指也伸出靠在一起，兩只大拇指探入食指下面的縫隙裡。我對這種風俗還是有所瞭解，此舉便是傳說中的「搭通天地線」。

旁邊的宋嘉其也是明星

她娓娓道來的事情聽起來很有道理，不像是一些紅塵神棍欺騙人的套路，這令我對米仙的態度有所轉變。

因為我的爺爺的確是在殯儀館三樓，他樓下確實「住著」一個很帥氣的小男孩……

這些事情是我當時在廣州拜祭他的時候清清楚楚看到的，所以米仙一提起這事情我便歷歷在目。加上我本來就有過目不忘的本領，一時間在殯儀館送爺爺出殯的情景又勾起了我的哀思。

只是米仙為什麼會知道這些事？

我以前並不認識她，自踏進其地盤後也沒來得及洩露半個字，怎麼她竟對此瞭若指掌。我劉修炳也算見過些大風大浪，她竟一眼就看透發生在我身上的錯綜複雜的人生？一定是鬼扯！

莫非是叔叔提前告訴了她！

我看了身邊叔叔一眼，朝他小聲嘀咕了一下。

叔叔說，他也沒把這件事情告訴米仙。

我相信叔叔，正如我相信自己一樣。

米仙此時的面容加上她說出來的爺爺墳墓的真實情況，讓我的後背直冒冷汗。

這事情仔細一想，一絲恐怖的氣息便籠罩我的全身。

我也不禁好奇，米仙她真的能夠溝通天地嗎？

可是現在她能夠清楚地說出死去爺爺的狀況，從另外一層來推斷，她溝通的真是地府。

我心頭十分陰鬱，但這件事情我又不能不信。

不過還沒等我說話，叔叔卻是很虔誠地開口了。

叔叔之所以十分虔誠，是有原因的。

上文說過，叔叔是米仙的忠實粉絲。

在幾年前，叔叔的額頭上長了一顆腫瘤，這不僅看起來不好看，而且如果任由腫瘤生長，他的生命都會有危險。

故此，叔叔也很焦急地跑了一些醫院，什麼省醫院前三名，什麼甲級醫院，他都去看過。

可結果令他十分失望，沒有一家醫院的醫生能用現今的科學醫療器械治療他額頭上的腫瘤。

當時我們這些跟他有血緣關係的親屬，自然也很著急，替他憂心。

不過最擔心的還是叔叔自己了。

有一天，叔叔忽然一拍腦袋，迸出一句：「奶奶的，為什麼不去找米仙呢！」

這位謝霆鋒是假的

他聽人家說過米仙的過人之處，知道米仙能做一些常人不能及的事情，但聽起來十分詭異。我猜叔叔以前應該也不信，要不然也不會淪落到走投無路的地步才會想起米仙，他當時該是抱著死馬當活馬醫的心態去的吧。

最終，叔叔不顧家裡人的反對，去找了米仙。

米仙看過叔叔腦袋上的腫瘤之後，她竟直接說是叔叔門前的風水出了問題。

我後來聽了這事，覺得這太荒誕了，腫瘤跟風水有什麼毛線關係？

當時我覺得，這米仙肯定是神棍，驢唇不對馬嘴。要知道，根據科學依據，腫瘤是人體內的一些細胞惡化而出現的狀況。

風水又能影響多少呢？

可是叔叔相信啊！他遵從米仙的話，果斷地開著拖拉機，直接把門前的一根柱子給撞成了碎末。過了沒多久，叔叔額頭上的腫瘤竟很是神奇地消失掉了。

叔叔額頭腫瘤消失的事情，當時在我們鄉下傳得沸沸揚揚，大家都覺得很不可思議。也就是從這一次，叔叔徹底成為了米仙的忠實粉絲。

但是在我看來，米仙應該是誤打誤撞而已，或許是叔叔的腫瘤內部出現了一些好的徵兆，他才好轉起來的。

畢竟，我看到過不少雖然身患疾病，還被醫生診斷活不長的病人。他們經過艱苦的鍛煉，最後依舊活得很好。

叔叔在聽到米仙說爺爺想要回連山，而樓下的小孩還經常哭鬧之後，便開口虔誠地朝米仙問道：「仙姑，他爺爺喜歡我們現在給他找的這個墳地嗎？」

聽了叔叔的話，米仙的白色眼球忽然恢復了正常，黑色眼球出現在眼睛中心，眼神也十分淩厲且冷酷。讓米仙去演金庸小說裡的李莫愁，一定很出彩！

「剛才我已說過，你們現在找的這個墓地陰氣重，適合女人住。比如你是男的，給你穿套裙子，你會樂意嗎？」米仙說。

黃聖依是真的

叔叔打了一個冷戰，連忙搖頭說：「當然不願意。」

我面色有些沉重，眼睛微微眯縫看著米仙。

米仙隨後道：「你爺爺說不喜歡這個地方，所以你們要遷移一下。」

米仙剛說完，叔叔便連忙問道：「他爺爺說了要把墓地遷移到什麼地方沒有？」

米仙微微一笑，眼睛裡都帶著笑意，顯得閃亮無比。

我眉頭緊蹙，眼神裡浮現一絲好奇，我想知道米仙接下來還有什麼古怪的話要說。

米仙道：「你爺爺說了，古書上有關於風水寶地的記載，而且他也找到了。就是你們鄉下叫「龍水」的地方，他說這裡山清水秀，蝴蝶翩翩，簡直就是人間仙境……」

說完這句話之後，米仙身體劇烈顫抖了幾下，如同被電觸動一樣，好像她正在跟某些人發電報。

「龍水」這個地方，範圍很大。我跟叔叔都很清楚，我們肯定是要找尋其中一個點。不然的話，不可能叫做墓地，不過找起來卻相當困難，而且我們也不可能隨便找龍水的某個地方一埋了事。所以按照中國人的傳統，我們肯定又得求神拜佛一番，然後擇定吉日，最後選個風水好的陰澤子孫後代的旺地，才敢下葬。

叔叔眼神依舊很虔誠地看著米仙，他悄悄地舔了下嘴唇，立馬說道：「仙姑，我們不懂風水，而且『龍水』範圍那麼大，我們該怎麼尋找到這個地方呢？」

說完，叔叔的眼睛裡浮現出滿是期待的神色。

我也很好奇，畢竟這件事是關於我親愛的爺爺，所以我比做任何事情都要用心一些。

米仙看出來了我們的好奇，看出來了我們的期許。她沒有賣關子，而是直接說道：「這個地方，他爺爺也給出過指示，他說這個關鍵點就在他孫子身上。」說到這裡，米仙還特意瞥了我一眼，弄得我好像做錯了什麼事一樣。接著她又說：「他孫子身邊有一個很厲害的風水大師，這個風水大師能夠幫他找到這塊下葬之寶地，所謂福人葬福地，你爺爺也算是大福之人，這個地方是一定能找到的。」

我注意到，這時米仙的眼睛裡忽然迸射出兩道堅定的光芒，而她說的話也擲地有聲，簡直是比鐵釘釘在木板上都要堅固。

謝娜不是假的

可是我看著米仙，卻不以為然，對於這件事情，從本質上來說，我的確是無法全部相信。

但之前米仙所說的關於爺爺殯儀館裡的事情，這個我是相信的。

因為我不知道米仙到底怎麼知道的，所以我對她的話還是不完全信服。

「那這個風水大師到底是誰呢？我們怎麼才能找到他呢？」這時候，叔叔再次提問。

而我悄悄地拉了一下叔叔衣角，提醒道：「風水大師，我倒是認識。」

叔叔有些愣神，他心裡肯定在想：「你竟然認識風水大師？」

「你如果真的認識風水大師，那再好不過了。既然這樣，我們為什麼不立刻去把這件事給辦完？不然你爺爺在下面睡得也不舒服，要知道他生前最喜歡的便是舒服。」叔叔隨後連忙提醒我道。

見叔叔很賣力，也非常期待，我也就沒有拒絕，只對他說：「還是先看著吧。」

其實米仙的話，多少還是有些打動了我的心，只不過很少而已，但這很少的一部分卻讓我無法拒絕。

因為華夏五千年以來，自古孝道便是最重要的準則之一。

我很愛我的爺爺，也經常會想起他。記得在爺爺住的院子裡，有棵洋槐樹。在洋槐樹下，不知道有多少次，我躺在慈祥的爺爺懷裡，聽著洋槐樹被風吹動的聲音，那個時候我不過是八九歲的樣子。

一晃多年，我也成了大人，爺爺卻與我陰陽相隔了。唉，人的命運就是這樣，生老病死太過無常。

米仙說，我會跟一個風水大師有聯繫。就目前來說，只有三伯才是最正確的人選。

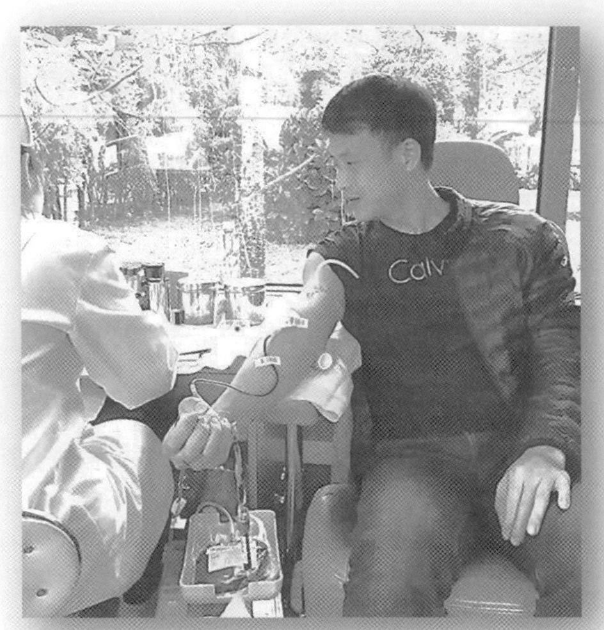

每年都去獻血是真的

我們目的已達成，我四下環顧了一番，似乎看到了黎明：「你這剎那在何方，我有說話未曾講……」

之後，我們三人在一片沉重的心事中正準備徒步離開時，米仙目露寒光的眼神突然朝我射了過來，竟說了一番令我費解的話。

米仙道：「在我們這個時代，將會出現一個長期熬受種種艱難困苦、特別是飽受心靈折磨的人。這個人會悟到人世間很多罕見的真理，悟到救世的真正方法。這個人有拯救弱勢群體和全人類的意志！

紫薇聖人存不存在不重要，反正存在美女

目前，所有國內的、國外的預言都準確地表示出：在未來東方中國，會出現一位了不起的人物。

這個人，叫紫薇聖人。

聖人出道前，必不得志。窮困潦倒，處處受限。直到受盡苦難之時，方能出現在萬眾眼前，救蒼生於水火，渡百難於人間。帶領炎黃子孫走出困境，遠離一切苦難，從而到達新的極樂人間。而唯一能夠完成以上使命的人，就是炎黃子孫的後代——紫薇聖人。

這個人，左手掌心有一個明顯的田字紋⋯⋯」

我心不在焉地聽著，心裡卻在嘀咕：這個人關我屁事啊，我只關心爺爺的事情，這米仙也太囉嗦了。

但是，隨後我偷偷用手機百度了一下「紫薇聖人」，想不到紫薇聖人這個詞居然是非常火爆的熱門詞，裡面關於他的資訊多得驚人，而網上似乎人人都自稱是紫薇聖人，嬌豔米仙語出驚人，難道真有通靈人？真有紫薇聖人？

我，還是再坐一會兒，繼續聽聽米仙說吧！

沒想到，曾經與我如膠似漆的前妻，最終還是和我分了手。人生總是這樣變化無常，而一切竟都在三伯的預言中。

第三章：鬼谷子詭異現身，他是同志嗎？真有天堂和地獄嗎？

米仙看著我，眼神冰冷，她的櫻桃紅唇翕動道：「先不要走，紫薇聖人一般凡人都看不懂，但有一個人你肯定會認識，讓我們鬼谷子先生帶你去看看可好？」

米仙的話，說得不清不楚，我眉頭輕輕一挑，眉心微皺，「什麼鬼谷子？難道這裡還有別的人？」

「呵呵，當然有別的人，一個你們想也沒想過，也未曾見過的人。我們鬼谷子先生剛才跟我說了，你這個人很有孝心，故此，便讓我帶你去地府旅遊一番，算是對你的獎賞。」

米仙說話的時候，嬌美的臉上忽然浮現一絲詭異的笑容，這笑容讓我心裡發顫。

尤其是她剛才所說的，什麼地府旅遊？好端端的，去什麼地府？不帶這麼嚇人的好不好！

本來是大白天，可是她這句話說完，讓我毛骨悚然，天地間也彷彿剎那進入冰寒。

尤其是米仙身上的衣服、還有她的頭髮，竟無風自動，這一切都顯得頗為詭異。

她的眼睛十分明亮，卻透著一股誘惑的味道，胸脯在呼吸之間上下浮動，令人浮想聯翩。

她伸出那一雙修長玉手，朝我示意，要我攥著她的手。

米仙長得確是不錯，可是跟我前妻比起來還是有些差距的。所以她的一絲魅惑對於我來說，是可有可無，我當然是無動於衷，果斷沒有伸手，間接意義上是在拒絕。

這個時候，站在一邊當兵出身的叔叔，朝我衣角狠拉了兩下。

「你可不要去，那裡據說陰氣很重，去了的人，會很難受的。」

叔叔說話的時候，語氣裡面透出一絲恐懼，我從他的眼神裡面也看得出來他是在很認真地跟我說話。

似乎是見我沒有開口，叔叔覺得需要再跟我詳細解釋一下，故此繼續道：「米仙很厲害的，我曾經親眼看過她做的一些事情。她真的能夠溝通死人，讓死人通過她的身體來說話。當時我不是很相信，可是當我真正看到的時候，我也不得不佩服。那一次，從她口中說出來的話，簡直是跟死去的人在生前說話的語氣和神態一模一樣，而且還能女變男聲。她說要帶你下地府去玩，我想是因為你有慧根，不然她不會做出這個決定的。因為聽老一輩人說，能夠暢通無阻進入地府的都是有福氣的人。可是，你不能進去！地府下面那些什麼牛鬼蛇神一大堆，萬一你遇到危險怎麼辦？叔叔可最疼愛你這個親侄子。」叔叔悄悄地在我耳邊說著，眼神也帶著一絲凝重。

不過叔叔的話，卻是讓我覺得有些搞笑。畢竟，我是一個無神論者，什麼鬼呀、神呀的，我是不相信的，至少現在的我是絕對不相信。

我看著米仙，心想：「這麼一個女人到底有什麼厲害的地方？難不成真的跟叔叔所說，厲害得很？可以帶我去地府？呵呵，好啊，既然你能夠帶我去地府，那我倒是要去看看地府到底是什麼樣子的。」

只不過我的短暫思索，卻是讓米仙認為我不相信她。

她嘴角露出一絲微笑，笑起來的時候，臉上蕩漾出來的神色像是一股春風。

「這樣吧，我再告訴你一件事情。剛才我在地府的時候，有另外一個小孩跟我說了話。他說他叫劉天賜，雖然你們之間發生過一些事情，但是他從來不怪你們。他說這一切都是命，是他命該如此。他現在跟你爺爺在一起，他讓我轉告你們，說自己過得很開心。我剛才說紫薇聖人你不一定知道，但這個劉天賜你肯定會知道。」

米仙的話有些輕描淡寫，她臉上的笑意卻是更為濃郁，這笑意之中浮現出濃濃的自信。她抬頭挺胸，把美麗的身體曲線凸顯出來。她的身材的確不錯：渾圓的臀部，飽滿的胸部，姣好的容顏，一雙玉手，米仙長得簡直是沒有一絲瑕疵。

她的手在說話的時候，一直伸出來，等待我的手攥上去。

但是我沒有立刻行動，而是陷入沉思和悲慟之中。

劉天賜，這個名字從米仙口中出現的時候，他直接觸動了我的心靈，觸動了我心靈深處被隱藏起來的那一段悲傷記憶。這段記憶我本來是想永遠塵封起來，卻沒想到居然被米仙知道了。

可是我從來沒對其他人說過，這件事情只有我和前妻兩個人知道。

前妻忽然抽泣起來，她的眼圈紅紅的，淚水也從眼眶裡面不要不要地流出來，看得出來前妻很傷心。

叔叔站在一邊十分詫異，不明白前妻為什麼哭泣。而米仙竟無動於衷，她看起來還是那麼自信，似乎前妻的這個狀態在她預料之中。

看著前妻，我伸出手輕輕撫摸她的肩膀，我想安撫一下她的情緒。雖然我心中也很悲慟，可我是男人，在這個時候，我不能表現出太柔弱的一面，況且現在還有外人在這裡。

「小燕，別哭了，這件事情我不怪你。再說了，剛才米仙不是也說了，天賜不怪你，還說跟爺爺在一起過得很開心。」

米仙的話，此時此刻卻成了我安慰前妻的一個理由，這說起來實在是有些詭異。

畢竟我一開始是不相信米仙的。

只是前妻聽到我這安慰的話，卻是哭得更為稀裡嘩啦了。

我看著米仙，剛才的疑問更為濃重，她米仙到底是怎麼知道的？

這件事情前妻肯定不會跟別人說，我平時嘴巴也很嚴，並且這件事情也不是什麼好事情。

難道她真的是通過一些特殊方法，溝通地府，才知道了這件事情？

或者特異功能？不然她怎麼能知道劉天賜這個名字？還知道天賜我兒已經離我們而去？

說起劉天賜，可能你們會有點疑惑，他是誰？

他永遠是我心底裡的一段遺憾。

劉天賜，是我的兒子，一個還未出生的兒子。

這件事情要從好幾年前說起了。

那個時候，我的大女兒千蔓出生沒多久，也就是大概三個月的時間，前妻再次懷孕。由於我們當時沒有太在意，防禦措施也沒做好，也可能是我身體好吧。

總之，前妻懷孕了。

當時，前妻剛患上產後抑鬱症，她心情不好。

抑鬱症的症狀很可怕。

張國榮先生就是得了抑鬱症死的，喬任梁也是得了抑鬱症死的，都是在大好年華的時候，很可惜。

總之，得了抑鬱症的前妻狀態很不好。

我當時還找了心理醫生幫她看了一段時間，可前妻的病情不見好轉。

她的心情依舊是不好，甚至還經常抱怨肚子裡的孩子。她說要引產，把孩子打掉。我當時聽到這句話的時候，是心裡一緊，我勸道：「你可不能做傻事。這樣的話，對身體和孩子都不好，引產對你身體傷害也很大。」

但是當時患上抑鬱症的妻子怎麼都不聽我的話，最後在我的疏忽之間，她自己一個人去醫院做了引產手術。

這個還沒有出生的孩子，我給他取名叫劉天賜。

當時我是很高興，因為我有兒子了，但是沒曾想，前妻最後引產了他。

對於這件事情，我心情很低落，每每想起都是一個疙瘩。故此，對於前妻，我也沒有給過她好臉色。

因為這是我們的孩子，你怎麼能這麼狠心？這是一個都好幾個月的孩子，身體估計都已經成形，怎麼能說引產就引產？

嗯？怎麼可以這樣？

做父母的心思都是一樣，所以我很抱怨前妻。以至於事後，她做了那麼多事情來彌補我，來勸說我，可我心中始終都是無法原諒她。

看著前妻哭，我也有些傷心，站在一邊的米仙卻突然開口了。

她的話顯得頗為語重心長。

「你們就別難過了。劉天賜，我剛才看過，他是我看過長得最帥氣的一個人。你們放心，他既然說了不怪你們就絕對不會怪你們的，他的心胸十分寬廣，是一個不錯的孩子。一般來說吧，如果是墮胎產生的嬰靈一般都是會抱怨父母的，因為，他們本來可以誕生在這個美輪美奐的世界，可是墮胎完全終結了他們的到來，終結了他們的機會，他們勢必會糾纏父母。但是你們家的孩子不一樣，這不，還讓我勸你們不要傷心不要難過。他呢，現在正跟著你的爺爺一起仙遊。所以說，你們放寬心。只不過我提醒你們一次，以後如果還有孩子，千萬不能墮胎！這不僅是對生命的不尊重，也是對自己生命安全的不尊重，畢竟不是每個孩子都如同你們家天賜一樣。要記住這句話：嬰靈一旦產生，很大部分都會產生怨恨，一旦被纏上，想要請走他們，絕非易事。」

米仙說完，臉色看起來十分嚴肅，像是在說一件很重要的事情。

我點點頭，不管她說的話到底是不是真的，我都要感謝她。因為她的話是在幫助我們，勸導我們。我不是那種目中無人的異類，滴水之恩湧泉相報的道理我還是懂的。

米仙對我們的勸誡，那是對我們好，我豈能不對她有好感？

這個時候，米仙稍稍停頓後繼續開口，她那一雙溫柔如水的眼睛看著我，很認真地對我說道：「我也給你看過，你在很多年前的一世中，是發生過類似的事情。當時你還沒出世，便被你的母親給封印在九重天之外了，對於當時的你來說，是一件十分惱恨的事情。你因為怨恨，最後化身成魔，想要顛覆這個世界，報復這個世界。可是最後一番搏鬥，終究是沒能敵得過你的母親，便被你母親徹底收服。」

「當然，這些如果真正刨根問底，其實是鬼谷子先生告訴我的。鬼谷子先生說：『人有善惡兩個極端，如果不能經歷人世間的種種磨難，又豈能圓滿大乘？』倘若是你如今親身經歷一番當時的事情，把當時的過往重新看一遍，你還會有怨恨，責怪你的母親嗎？我想，極大可能你是不會的，因為這些都是過去的事情。過去的便讓它過去，我們要期待未來的，要對未來負責，以一種寬容的心，去擁抱這個世界的未來。

那一世你的母親其實知道，如果你真的出世了，必然會成為天魔。與其這樣，不如直接把你封印起來，這樣便可以省卻你去禍害那麼多人。封印一人，從而救下億萬之人，這是一種佛心，一種很寬廣的佛心。故此，你母親的這個做法是值得我們讚揚和弘揚的，是需要被銘記的。

只不過，你那一世的母親，因為對你心中還是有愧疚，故此，這一世再次把一位慈母安排在了你的身邊。做母親的心都是這樣，你畢竟是她心頭的一塊肉。

如果你答應我，跟我一起去地府走一遭，那麼這一切的前因後果，種種緣由過往，你都能夠一目了然，清清楚楚。」

米仙一直嘮叨地府的事情，不過她越是這樣，我對地府這兩個字眼卻是更諱莫如深，十分忌諱，這兩個字聽起來也很不舒服。而且米仙還一直要我進去，目的性實在是太強。雖然她剛才的話有一些是勸導我們夫妻兩個，是為我們好，但是我不想因為這樣，就隨便答應她。畢竟叔叔剛才說的話，也在我耳邊時不時迴響。

前妻還在抽泣，我仍撫摸著她的肩膀。但之後，我把雙手放在前妻臉頰上，擺正前妻的臉蛋，讓她一雙盛滿淚花的大眼睛看著我。

「小燕，不要哭了，這件事情其實說起來，都是怪我。如果當時不是我非要拉著你做男女之事，估計也不會出現這個事情，所以這件事情的責任全部我一人承擔，你不要再責備自己了。」

米仙之前說的那些話，或多或少對我有些影響。再說了，讓老婆懷孕這件事情，主要還是男人的責任。如果我當時能夠控制好自己的欲望，不跟前妻在剛生完女兒的時候就發生那種關係，那麼一切事情都不會發生。

所以這個時候我已經徹徹底底地原諒了前妻。

前妻見我說這一番話，她神色微微一愣，而後是直接撲到我的懷裡，痛哭流涕，比之前哭得更厲害了。

不過這次哭泣，跟方才是不一樣，我能感覺得出來，她內心的糾結還有疙瘩全部煙消雲散了。

「不，我也有責任，老公。」前妻朝我自責道。

我拍拍她的肩膀道：「我們都有責任，好了，別哭了。」我伸出手擦拭前妻眼角的淚水，然後擁抱著她一起懺悔。

「好了，既然你們夫妻間的矛盾已經化解，那麼現在繼續說我的事情吧。」這個時候，米仙開口打斷了我與前妻的對話。

我把眼睛看向米仙，點頭示意她繼續說。

「我老闆說看中了你，他非常喜歡你。趁我的體力現在還能夠支撐得住，跟我一起，去地府走一遭，我們一起去見見鬼谷子先生。」

「你口中一直說的鬼谷子，到底是何人，難道是我們春秋戰國時期的人？」我忽然朝米仙問道。

對這個她口中反復提到的鬼谷子先生，我生出一股好奇心。

「呵呵，沒想到你知道的挺多的。這個鬼谷子先生，我可以給你透漏出一點，他的確是春秋戰國時期的人。」米仙呵呵一笑，十分自信，卻帶著一絲神祕。

我心神一震，我好歹也讀過不少書籍，鬼谷子這人自然知道。

鬼谷子乃是著名的縱橫家，先不說鬼谷子其人，就他的兩個徒弟，蘇秦和張儀，這兩個人在中國歷史上可也是赫赫有名。蘇秦憑藉三寸不爛之舌，讓六國聯合起來，一起對抗大秦，使用的便是合縱之術。而張儀則是通過連橫之術讓六國之間關係變得矛盾重重，分崩離析，最後被秦國各個擊破。

這兩個人都曾經掛過相印，都是赫赫有名的存在，那麼他們的老師鬼谷子自然也是厲害異常。

據說，鬼谷子通曉六韜三略，擅長縱橫之術，且繼承陰陽家衣缽，稱得上江湖神算。其主要著作有《鬼谷子》、《本經陰符七術》。在《道藏》一書中，他更是被稱為「古之真仙」。據傳活了兩百多歲後，後來不知所蹤。

這是一個傳奇人物，所以當我看到米仙神祕帶笑的臉色時，心中震驚不已。

如果這位鬼谷子真的是我在書中看到的那個人，那這件事情可就真是邪門了。

可是剛才米仙說的那話又是什麼意思？鬼谷子喜歡我，欣賞我？

尤其是喜歡我這句話，讓我背後生出一層雞皮疙瘩，鬼谷子不會是「同志」吧？

所謂「同志」，便是同性戀。

同志這個詞，在孫中山先生的年代就已經非常流行：革命尚未成功，同志仍需努力！

流行到現在這個年代，由於語言的變化發展和人類的認知逐漸開放，演變出了新意——同性戀者。

我尊重「同志」，更尊重同性戀者的感情。但我只是凡夫俗子，由於自身素質低，我只能是尊重而不能參與其中。

說起「同志」這兩個字的時候，讓我想起了人生中的那一段真實經歷，也跟「同志」有關。

往事已生銹，容許我磨合一下慢慢述來。

1995 年，當時改革開放春風吹得最盛，那個時候我在廣州的中國大酒店實習。當時老總很看得起我，每次都帶我出去蹓躂，也給我機會在酒店裡的每一個部門輪番任職學習。

故此，這些酒店部門我都很熟悉，跟裡面人也混得很熟，錢自然掙得不少。當時，法國標緻汽車總裁的女兒有一次跟我偶然相遇，她便看上了我。她長得很漂亮，也有法國人的浪漫，她直接跟我說，喜歡我。

可是當時我對洋妞沒什麼興趣，我說我喜歡人民幣，結果她居然經常偷偷給我塞人民幣。

可幸的是，我最後沒有在她的糖衣炮彈攻擊下淪陷，我為曾經被八國聯軍入侵的祖國爭了一口氣。

我不是真的喜歡她的錢，我不過是說說而已。再說了，當時咱也不缺錢。那個年代，我就擁有了兩臺大哥大、一輛摩托車。所以，當時的我可以說是威風凜凜、瀟灑如玉。

因為之前的工作原因我認識了不少人，人脈很廣。在 1996 年，我便到廣州澳洲山莊任房地產銷售，加上我點子很多，自創首付三萬八，月供 388 政策。故此，再次讓我賺了一桶金。

在 1997 年，我和初戀女友從廣州飛往浙江紹興，這個地方可是魯迅的故居。當時我們開了一家大型火鍋店，開業當天，我打廣告說可以免費吃飯三天，雖然三天損失了不少錢，但是卻吸引了很多顧客。我對我們的火鍋料子很滿意很自信，所以我敢這麼做，當然最後的結果也證明我的銷售模式是完全正確的。

我們在這裡再次賺取了很多錢，之後再次錢滾錢，在紹興開了很多家美容連鎖店，也把東莞的服務山寨到紹興，這些讓我在短短幾年之間就聚集了上百萬的產業。

當時的百萬跟現在相比那可是天壤之別，那時百萬完全可以跟現在千萬等同。

但是，我人生的轉捩點卻是發生在 2000 年。

2000 年的時候，我因為賭博，輸掉了很多錢，最後連女友的十幾萬私房錢也都輸掉了。故此，女友對我抱怨連連，最後直接離我而去。

我拿著剩下的幾十塊錢，一個人獨自開了一家豆腐花店。在沒有情人的情人節裡，一句廣告語：「今天送花送什麼花？不如來碗豆腐花！」引來人山人海，我賣豆腐花又賺了一桶金，但因為好賭，結果還是一貧如洗。

賭博，十賭九騙。會出千的我 24 歲前竟輸了近兩百萬，所以奉勸大家千萬不要賭。

當時我心中非常難過，錢沒了，女人也跑了。

所以分手後，我徹底戒了賭。

身無分文的我獨自去了深圳流浪，在深圳有很多帥哥美女對我伸出援手，給我吃的給我喝的。不過，我卻發現他們都是男的和男的在一起，女的和女的在一起，漸漸地我明白了這是一個隱性群體。

那時候我才發現同性戀者原來那麼多，素質還那麼高，而且很多男同性戀者都很帥氣，拉拉們很漂亮（LES 是 Lesbian 的簡稱，女同性戀之解，圈內人譯為拉拉或拉子）。

這些同性戀們並不像我們認為的那樣，都是娘娘腔。他們很多人對待感情十分神聖也十分堅定，有些人的感情甚至勝過異性戀，他們的每一段真實感情其實都可歌可泣。看過王家衛拍攝的《春光乍泄》的朋友應該知道，裡面張國榮和梁朝偉扮演的角色便是這種類型；拿過奧斯卡獎項的李安先生，拍攝的《斷背山》更是聚焦同性戀主體。

因為這些人對我很不錯，平日有吃的有喝的都跟我分享，故此我也想濫竽充數，跟他們說我是「同志」，只不過現在沒有男朋友而已。但是我真的不是同性戀，這個事情在我心裡也一直是個疙瘩：我突破不了自己，更是騙不了自己。所以在這個圈子裡面待了很久，也沒有男朋友。

當然不是因為我長得不好看，我長得其實算是玉樹臨風，不然之前那個法國妞能一眼就看上我？

其實人長得帥，也是有麻煩，不僅女人喜歡，到最後男人也喜歡。比如說 2001 年遇到的事情，便能夠解釋我所說的話不是吹捧我自己，更不是虛擬，而是真實的事情。我現在分享一下，不過是讓大家多瞭解我而已。

這一年，一個對我很好的大哥在深圳市中心幫我開了一個酒吧。當時為了弄這個酒吧，我的大哥是幫我忙上忙下，辦手續，跟工商局打交道，拿開業證明之類的東西，全部都是他自己一個人操辦的，愣是沒讓我操心。我非常感動，對大哥感激得五體投地，就請了大哥吃飯喝酒，而事情就是發生在這吃飯喝酒之間。

大哥喝著喝著，不知道是喝醉了還是沒喝醉，他反正是有意無意地伸出手來觸碰我。

當時我以為是平常的肢體接觸，是他喝醉了。可是，他見我沒什麼反應，反而是得寸進尺，繼續伸出手朝我大腿上撫摸。我當時立刻彈開，對他說：「大哥，大哥，你喝醉了。」

但是大哥說他沒醉，他是真的沒醉，他用十分肯定的眼神看著我，對著我說：「我喜歡你。」

當時我聽到他的話，是雞皮疙瘩起了一層，真的感覺受不了。

我是喜歡大哥，但只是對兄長敬重的那種喜歡。為了不傷害大哥的感情，之後我便找了一個機會，一個人又悄悄溜回了廣州。

2002 年，我為了多賺點錢，於是去父親在廣州的木材廠幹苦力活和賣鳳梨。當時在廣州的表弟過來探望我，他說如果我能結婚就好了，這樣也會有更多的奮鬥動力，人也會定心一些。

我被表弟的話提起興致，我說：「咱們連山最漂亮的妞是誰？」

當時表弟說，咱們連山那邊妞可多著呢，表弟也很坦誠，他說他的同學小燕是連山公認最漂亮的。

故此，我心動了。

在表弟的引見下，我和小燕一見傾心，就這樣我們走在了一起。

那時，小燕在中山大學念書，我很無聊，某天偶然看到學校裡有網站建設培訓的課程，於是我拿著在酒吧裡賺的一點錢，學起了網站建設。

雖然我的文化水準不高，但我用起心來學習，成績也不低，很快我就會自己建設網站了。

在 2002 年，藍色音樂網正式啟動。網站的功能很全面，有原創音樂、原創視頻、交友、微信雛形……

建設這個網站是為了那些年曾經幫助過我的「他們」，我想讓他們的生活變得更陽光，讓更多人去理解和包容他們，讓他們能自由地談情說愛，讓他們活得更精彩。

我之所以這麼做，不過是要報恩，報答他們當初對我的好，滴水之恩湧泉相報，是我做人的準則。

可是萬萬沒想到，藍色音樂網成為了全球最熱門的同志網站。來自五湖四海、各行各業，包括多國國家領導人也成為了我的網站粉絲，他們紛紛發來 E-mail 與我聊天。大千世界無奇不有，我估計那時全球的同志人數不低於一億人。

當全球各地的藍色音樂網網友，紛紛湧上廣州來找我的時候；當鳳凰衛視中文臺要採訪我的時候，我毅然地關掉了網站，亦斷掉與所有網友的聯繫。畢竟我不想出名（待《燒餅歌》寫到同志題材的篇章時，會重啟藍色音樂網，讓天下同志們有一個自由美好的藍色天堂）。

因為同志，我遇到了很多好朋友。在這階段也認識了前妻，所以我對同志不反感，也不害怕。

當很多科學家在研究為什麼會有同性戀者的存在時，三伯用一句話就能解析透徹。

三伯說：「由於因果的關係，一個男人的靈魂投胎到女人的身體上，或者一個女人的靈魂投胎到男人的身體上，自然就會產生同性戀者人群。」三伯對於同性戀者也很是敬重，他說：「在我們目前的社會裡，同性戀者還是活在水深火熱中，他們真的不容易。」

倘若鬼谷子是同志，也無所謂。問題是，我怕鬼，我天生就是膽小鬼，於是我偷偷地躲在了前妻背後。

見我如此，前妻鼓起勇氣走上前，朝米仙道：「仙姑，我老公害怕，我來代他可以嗎？」

「呵呵，這個可不是誰想進地府就能進的，有很多人想花很多錢都進不了。既然你老公現在不願意去地府遊玩一番，2008 年 5 月分地府大開門府的時候他自然會到那裡。我現在體力消耗過大，問米的事情也只能到此為止！」米仙望著前妻說道，然後又無奈地盯著我。

在米仙的神壇裡，鬼谷子詭異現身，他是「同志」嗎？真有天堂和地獄嗎？

「仙姑，你不要再為難其他人了，我聽你的！我不入地獄，誰入地獄！」看著前妻為了我竟置生死於度外，天生就貪

生怕死的我突然間什麼都敢了，我說我願意入地獄，願眾生都能上天堂。

只是米仙的變化，看官們你們能想像得到嗎……

第四章：米仙，鬼谷子，攜手易經高手三伯，齊勸世人向善！

我勇敢地在前妻背後站了出來，像敢死隊一樣，準備冒死進入地府。

米仙卻突然把雙手縮了起來，拒絕了我。

之後米仙便念了一些我聽不懂的咒語，臉色從蒼白漸漸變得紅潤，我看到她拿著一杯溫開水時手還在不停地顫抖。

「帥哥，你出來一下，我老闆鬼谷子交待的事情要和你說一下。」米仙似乎有些祕密要透露給我。

「仙姑，你不能搞我侄子啊！」叔叔擔心我的安全問題，毅然站了起來說道。

「大叔，這事關人類及其他眾生的命運走向，你們聽不懂也不適宜聽。再說，離開了米壇我也無法進入地府，不會傷你侄了一根毫毛，放心！」米仙向叔叔拍了拍胸口做擔保。

「米仙，這個職位自古以來就有，一般在山區方圓三十公里左右就會出現一個。古時期米仙的職責是為普羅大眾排憂解難的，我是在山上砍柴的時候，突然被靈媒附體而成了米仙的。問米，起源於中國。它是將亡故的親友靈，與家人相互配合的法術。需要通過鬼谷子先生把陰間的鬼魂帶到陽間來，附身於米仙，米仙搭通天地線後與陽間的人對話，因做此儀式時都放一碗白米在旁，故當地人稱之為問米。真正的米仙收費低廉，問米時只需一個雞蛋、三斤米和隨意給的一個小紅包即可，這是為了保障米仙的生存。而一些假冒的米仙，收費昂貴且信口開河，如果是遇到一直說要給錢的假米仙你們可要注意了，她們只是看中你的錢。因為所有下凡普渡眾生的仙人，都是樂意去施捨而不求回報的。說了很多道理你或許都不相信，剛才你又不願意讓我帶你入地府瞧瞧，你沒看見的不一定不存在，就好像我們用手機打電話一樣，線你看不見……」米仙仔細端詳著我並說道。

「哦。」我心不在焉地回了一個字給米仙。其實，我心裡卻是在這樣嘀咕的：「你即使說米仙多好都沒用，我對這個職業可一點都沒有興趣，休想蠱惑我！想引誘我當米仙，沒門！」

「我的老闆鬼谷子先生因你的孝心被感動了，老闆說，你是一個值得委託重任的人。現在是末法時期，什麼牛鬼蛇神都出來坑人。而人類如今也迷失了自己，顛倒黑白、善惡不分，很多人都是死後才懊悔不已，但為時已晚。我老闆邀請你進入地府遊覽的目的，其實是想讓你把自己所看見的一切告訴世人，讓世人勿以惡小而為之，勿以善小而不為。坦白點說，我老闆想請你做嚮導，做些導人向善的工作。」米仙笑著說道。不過，她笑起來

的酒窩如果能添點米酒那就更醉人了。

我裝作似懂非懂的樣子，卻始終不吭一聲，只是心裡面已經確定鬼谷子是先生而不是「同志」。

「帥哥，2008 年 5 月 12 日，四川將會發生一場像唐山那樣的大地震。唐山大地震後，有一個偉人離世；這次四川地震後，也會有一個偉人離世。這是給世人敲響警鐘：勿以惡小而為之，勿以善小而不為。我們的世界是真實存在地獄和天堂的，那時候所有冤魂野鬼都會同時找你。不嚇唬你說，那時候你將有機會歷經十八層地獄，當然還有天堂，待時機成熟時，你會自然而然地

把你所看到的一切傳遞給世人。地震這個消息，也是鬼谷子先生剛剛委託我告訴你的，但告訴你又有什麼用呢？人類本來就已經很愚癡，如果你傳播這樣的消息出去，可能地震前已經被抓了。就像我所說的一切，你肯定不相信，但無論如何，你都要保持一顆善良的心。未來你將要經歷人間的所有苦難，不過還好，現在所有的神佛已經化身為凡人。你要記住，所有化身為凡人的神佛都不以名利為重，他們比任何人都要謙卑，那些高高在上需要膜拜的反而往往是魔。現在的人類已經不再尊重大自然了，都以為人定勝天，這是非常危險的。記住，你要聽你身邊大師的話，切記！！！」

和米仙獨處，她講她的，我只是沉默不語。

「如果用你的經歷來喚醒眾生的良心就好了，那麼地獄必空，人間即天堂。否則，眾生危在旦夕。天將降大任於斯人也，必先苦其心志，勞其筋骨，餓其體膚，空乏其身。你將來會飽嘗人間的心靈之苦，在人世中經歷很多常人所不能理解的事情或者機緣，你也會遇到世間不同層次的人，你將是世俗人眼中的異類。無論你對眾生再好，眾生也會對你不好，未來的你任重道遠啊！明天開始，你將會遇見劉伯溫再世、項羽再世、虞姬再世、杜甫再世、哪吒下凡、天蓬元帥下凡、嫦娥下凡、十八羅漢下凡……你左手掌心有一個，唉，一個什麼字我忘了！鬼谷子先生交代的話太多，我現在離開了米壇記性也不好使。記住，哪怕你遇到任何逆境，都要保留一顆善良的心！」米仙激動起來好像有點健忘。

而我，還是無動於衷，因為我聽不懂。

米仙一直對我喋喋不休，似乎沒完沒了，但是我始終對她的話保持懷疑態度。不過這個時候，因為米仙一直在跟我說話，引起其他人不高興。

屋外面的人，滿滿的，這些人都是來找米仙問米的，他們也都有自己的事情。所以我聽到外面有不少人在叫喊著說：

「到底是誰這麼沒道德，居然問米問這麼長時間，擋住後面的人問米了。」

「我跟你們說，剛才他們幾個人是插隊的，不讓他們插非要插。」

「你們怎麼回事，怎麼能讓人插隊呢？走，咱們快點進去，把這個人給拽出來。」

……

一時間，我聽到外面議論紛紛，十分嘈雜，不禁眉頭也皺了起來。

叔叔走過來，朝我看了兩眼，給我使了一個眼色，他的眼睛盯向了後門。

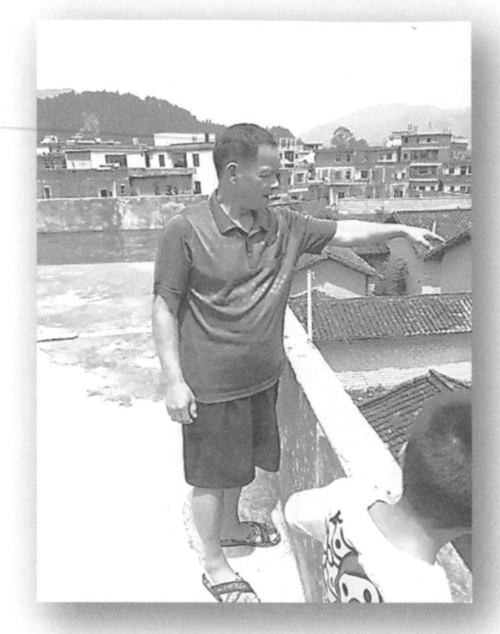

後門那邊的茅草屋外面，有棵大樹，樹下有一群小雞正在嘰嘰咕咕地啄著米。

我抿了一下嘴唇，覺得還是先從後門出去的好，這樣的話，也不會跟外面的人產生矛盾。

從正門出去，難免會跟他們有一陣口舌之爭。

所以我就帶著前妻跟我叔，準備一起從後門那邊迅速離開。

不過米仙卻在這時叫住了我：「你可一定要相信我說的話，我絕對不騙你。」

米仙說話的時候，眼睛是直勾勾看著我，眼裡充滿著一些難以名狀的神色。不過，當時的我，並沒覺得有什麼特異之處，還不以為然地笑了笑。於是在朝她聳聳肩之後，便拉著前妻的手迅速離開了。

米仙輕歎了一聲，她的歎息帶著無盡的失望，我當時也不明白這到底是什麼意思。

我也沒有多餘的時間來考慮，因為此時我們已經走出了後門。

後門的那棵大樹，它的葉子在風的吹動下簌簌作響。突然，一只小雞嗖地一下，從地上蹦起來，拍動著它的翅膀，來到我身邊。

我看著這小雞的樣子，心頭不知道怎麼的，居然生出一股悲愴。

我有些無語，再次暗暗搖頭。

「走吧，我們今天來到這裡，不知道到底是對還是錯。聽米仙說了那麼多，我倒是一時間有點心神不寧了。」說完，我便拉著前妻的手跟隨著叔叔上了車。

只不過在路上，我卻一直在想，米仙為什麼非要跟我說這些話呢？

我知道任何人做事情都是有目的的，這個目的或大或小，但總歸是要有。

米仙這麼說，會是為了什麼目的？

為了錢？我首先想到的是錢，但回想起來，我不過只掏了一只雞蛋三斤米和九塊錢而已。如果她是為了騙取錢財，這回報也太不給力了吧！

為了名聲？她自己在這個地方名聲已經很響亮了，也肯定不需要我來幫助她提升名氣。

那到底是什麼？我苦思冥想，但還是想不透徹。

對於不明白的事情，我只好擱置一邊，畢竟怎麼搞都搞不明白，那又何必勞神呢？

米仙在 2007 年跟我說的這些事情，最終被我拋諸腦後。

而 2008 年發生的事情，卻更是讓我匪夷所思。

在一個天氣不算太好、也不算太差的日子，我從外面回到自己的住所，像平常一樣，把鞋子脫掉，穿上拖鞋。

這個時候，屋外面吹來一陣風，把掛在牆壁上的日曆給掀起來了，發出嘩啦啦的聲音。

我上前一步把門窗關好，日曆才沒繼續被掀起來。但這時，日曆突然死寂般平靜下來，風也停了，一股詭異的氣氛籠罩在屋裡，我感覺身後彷彿有一萬雙眼睛正注視著我。我偷偷看了眼日曆，這天是 2008 年 5 月 9 日。

突然，電話鈴聲從臥室那邊傳來，我連忙走過去。

現在是晚上九點多，想必是有什麼急事吧，不然不會有人在這個時候打過來。

我倒是想看看是誰打過來的。

當我來到臥室，來到電話旁邊，我看到十多個未接電話，而且這些電話居然還都是一個人打來的，三伯。

我心裡納悶，三伯怎麼給我打了這麼多電話，是有特別緊急的事情嗎？

我立刻把電話拿起來：「喂，三伯，是我。」

「幫我個事情，這件事情非常急。」三伯一聽到我的聲音，有些激動，並且語氣聽起來十分著急。

我眉頭一皺，三伯是遇到什麼事情了？

我連忙道：「三伯，你說，什麼事情，能幫上忙的話我一定會幫。」

我言語之中充滿誠懇之意。

三伯隨後道：「是這樣的，我今天心血來潮，忽然卜了一卦，發現這一卦十分兇險，將要有成千上萬人會喪命，我就想來跟你說一下。」

三伯言語之中的擔憂，在這邊我也能深切地感受到。這時，我覺得渾身都不太舒服，彷彿被上百只螞蟻咬噬全身，而這種感覺我從來沒經歷過。痛苦的感覺持續了兩三秒就消失了。我隱隱感到不安，我既沒喝酒，也沒出現幻覺，怎麼好像撞邪了！

這時我眉頭緊皺得形成了一個「川」字，「算了一卦？還是很兇險的卦象？」

我心中無限疑惑，三伯的能力，我是稍微知道一點。我也知道他對易經八卦有很深的瞭解，沒事總喜歡擺弄這些東西。

「山水倒相逢，黃鬼早喪赤城中，豬羊雞犬九家空，饑荒災害皆並至，　似風登民物同，得見金龍民心開，刀兵水火一齊來，文錢鬥米無人要糶，父死無人兄弟抬……對，就是很兇險的卦象。在 5 月 12 日，下午兩點半的時候，四川的汶川將會發生特大地震。這個事情你一定要記住，我來找你幫忙，就是要讓你把這消息給我傳播出去。」

我聽著三伯十分認真地說，忽然一笑：「三伯，你開什麼玩笑呢？現在好好的，怎麼會有地震呢？再說了，國家氣象地震局那邊也肯定會做好監測的，你就別搞什麼迷信活動了。雖然我知道咱們華夏的易經八卦是老祖宗留下來的精髓，但也不能全信啊！」

三伯聽到我的話之後，語氣不是太好：「你怎麼能這麼說話？我告訴你，老祖宗留下來的東西，那是精華，你三伯從一開始學習到現在，從來沒有算錯過一卦。我再跟你說一遍，這是有科學依據的，你不要不相信。你看最近這些年來，人們在利益驅使下改變大自然的環境，把山脈給推掉，把海洋給填平，逆勢而行，這些都是破壞風水和破壞脈象的盲目行為。尤其是什麼長江工程開發專案，是直接破壞了四川這個地方最主要核心樞紐的風水源泉，所以我的判斷絕對沒錯，那裡會產生地震，而且是特大地震。三伯絕對沒騙你，你就趕快想辦法把這個時間地點的訊息，給我傳播出去。勸大家『勿以惡小而為之，勿以善小而不為』，大自然的報應我們人類擔當不起啊！世人就是不相信地獄和天堂的存在！」

聽完三伯的一番解釋，我還想著反駁，但是我忽然地想起米仙在一年前跟我說過的那件事情，她說過在四川哪個地方將會發生地震，現在三伯居然能精確到具體時間和位置，這更讓我摸不著頭腦了。

那麼三伯跟米仙是不是串通好的？故意這麼跟我說，好讓我信以為真？

但是三伯跟米仙，他們兩個相隔那麼遠的距離，而且素未謀面，怎麼可能異口同聲？

這麼一想，我內心忽然感到一絲恐懼。

會不會是真的？如果是真的，那該怎麼辦？

我冷靜了一會兒，最終還是確定下來：要把這個資訊給發出去。

那麼我就得找一些平臺和管道，電話也成。

我立刻給好幾個朋友打電話說了這個事情，可是老朋友們竟覺得我是神經病，好端端的瞎說些什麼。

他們的不相信，反而讓我心中更為恐慌。

沒辦法，我就用 QQ 聯繫到一個好友，這個好友正好也是汶川的。我想如果我跟他把這個事情詳細說一下，他在四川散播，肯定能起到更有效的作用。於是，我對他說汶川有地震，是在 5 月 12 日的下午，要記得通知親朋好友到空曠的安全地帶躲避一下。

可惜的是，我剛說完，這個好友就直接給我回復說你是神經病啊，還說你廣州才會發生地震。

他也不相信，但自從那次聯繫以後，就再也沒有了他的消息。

那怎麼辦？

黯然神傷下，我就和幾個素未謀面的網友聊起了這個事情。想不到，陌生的網友還在百度貼吧公佈地震的消息。地震前這些資訊無人問津，地震後竟變成了神帖。

那時候，我的員工將近有一百人，我也想到過把這個消息告訴同事們。不過即使我是他們的老闆，說這樣的話又有誰會相信呢？我也想說給憨厚的堂弟「歪門」聽，或許這世界上只有他會相信，可是和他說了又有什麼用呢？他平時連說話都打結，如果經他嘴說出去，可能也會變成笑話。

我很想打電話給我那位在邛崍的好大哥，但我知道他肯定也不相信，所以唯有心裡祈禱。事後，我第一時間就打電話給那位大哥，幸好他安然無恙。

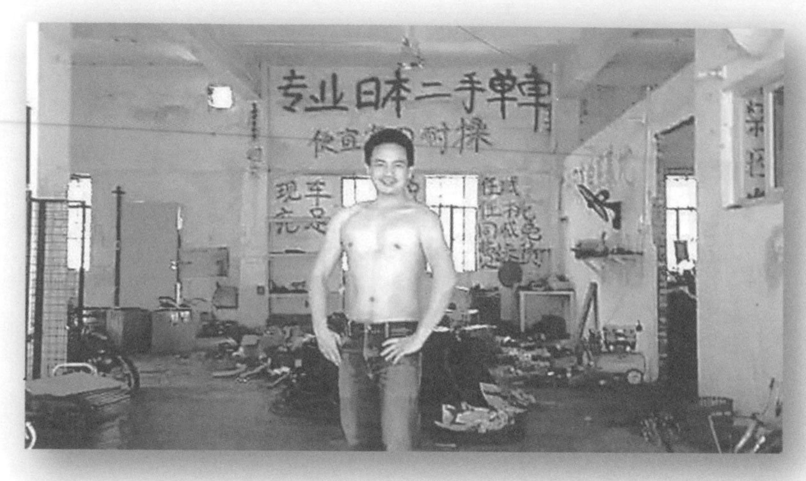

2008 年 5 月 12 日下午兩點鐘，三伯焦慮不安的電話打來了，問我在幹什麼？我說在電腦旁寫《默哀三分鐘》這首歌詞，兩點二十八分……

七天後，為表達全國各族人民對四川汶川特大地震遇難同胞的深切哀悼，2008 年 5 月 19 日 14 時 28 分到 14 時 31 分，全國人民默哀三分鐘，屆時汽車、火車、艦船鳴笛，防空警報鳴響。

想不到米仙和三伯竟一言成讖，而我亦在機緣巧合下寫了這首《默哀三分鐘》。

默哀三分鐘
詞：劉修炳　曲：秋言
演唱：吳俊毅

月有陰晴圓缺　人有旦夕禍福
地動山搖的幾分鐘　破碎了多少夢
沉痛的廢墟裡　美麗蝴蝶斷了翼
漫天落下的淚滴　侵蝕了大地
默哀三分鐘　什麼都不說
你的感受我能懂　一切在不言中
默哀三分鐘　什麼都別說
寂寞路上多珍重　請你多珍重
我們點燃了燭光　我們雙手合十
願那點點的溫暖　把你的路途照亮
三分鐘沒有音樂　彷彿停止呼吸
讓那虔誠的祈禱　永遠伴著你
默哀三分鐘　什麼都不說
你的感受我能懂　一切在不言中
默哀三分鐘　什麼都別說
寂寞路上多珍重　請你多珍重

米仙、鬼谷子攜手易經高手三伯，齊勸世人向善、行善！

三伯還預言，我們這個時代將會出現一位千古聖人——「紫薇聖人」，而且我們的這個時代還能遇上千載難逢的世界大同，屆時人間就是天堂。

世界上的所有事情，到底是冥冥中早已註定，還是因果循環？我癡癡而思，眼中突然閃過無數黑影，仿佛電影中那些墮入地獄的鬼魂在我面前遊蕩。我驚得跳了起來，全身冒汗，眼中的幻影突然消失，身後卻伸來了一只嬌豔的手……

第五章：欲做諸佛龍象，先為眾生牛馬，預言一語成讖！

我愣神一看，原來是前妻，她看到汶川大地震的新聞後馬上跑到我這裡緊緊摟住我，生怕在廣州的我也被震壞。她緊箍著我的雙手把我從神思中拉回了現實，等我緩過來後，記憶恰好翻到了幫爺爺尋找墓地的那一頁……

米仙說過，我會有一個風水大師跟著，但這個人目前來說，只有三伯才是最正確的選擇。

之後當然是遵從米仙所說的話，我去找了三伯，前岳父也跟著我去了。最終，我們一起乘坐叔叔的小車來到了家鄉龍水。

山清水秀、蝴蝶翩翩、人間仙境，這幾個關鍵字一形容，讓人聽起來就感覺十分美妙，更何況親臨其境。

當我們來到龍水之後，並沒有立刻休息，而是選擇朝四周勘察。

在勘察的過程中，我對龍水的印象再次加深。

這畢竟是我的故鄉，這裡的一草一木我都有印象。在那清澈的溪水裡，我能看到自己小時候來這裡捉魚的身影，就是現在，我竟也發現不少魚兒在水中遊來遊去，紅的、白的、還有黑的，顏色各不相同，而它們的身姿也頗為靈動。

一只只蜻蜓在溪水上翩翩起舞，偶爾輕點一下水面，好像在同溪水捉迷藏。

穿過小溪，便能看到一處處山脈峽谷。這裡九淺一深，蜿蜒曲折，每一座青山都宛如一條盤踞在這裡的龍一樣：它們歷經滄桑，看慣了人間風月。小溪流水往復如此，可是青山竟不聞不問地站在那裡，它飽含滄桑、佇立千年，似乎是在等待著誰的歸來？

一棵棵青翠樹木在它們身上長著，如同被披上一件十分美妙精緻的綠色衣袍。

微風一吹，漫山的青草植被都在風的鼓動下，搖晃起來，蕩漾開去。

在這裡我感受到更多的是寧靜，這裡的確是一個山清水秀、一個能讓人靜心休養的好地方。

習慣了都市喧囂的前妻，第一次來到這裡，她的心情看起來是不錯的，竟對這裡的景致流連忘返。

我們朝前方行走的時候，忽然之間，前岳父眼睛一亮，他伸出左手朝東面一個看起來比較獨特的山脈指去。

「你們看，是不是這個地方？」

我當下順著前岳父左手食指的方向看去，只見在東面有一座滿是青翠的蒼山盤踞在大地之上，看起來如同一張椅子。

之後我才知道，這就是風水中所說的「龍椅」。

前妻和叔叔兩人眼神裡浮現出一絲期待，他們隨後便看向三伯。

畢竟三伯的道行在他們眼中是很厲害的。

三伯並不著急，他看起來十分淡定。他伸出修長手指從自己兜裡掏出一根煙，慢悠悠地點燃。火星在他呼吸之間，閃爍無比，宛如星辰，當一口白色煙霧從他嘴巴和鼻子噴出後，三伯的嘴角浮現出一絲微笑。

「你總算是學會了一點功夫，也懂得在現實中運用。這座山，的確是不簡單，它的風水位是在這座山的最低處。古語曾說，『地低成海，人低成王』。這裡，是一個絕佳的風水寶地。」

三伯看著前岳父，頗為滿意說道。

「三伯，既然你這樣說，我那就再賣弄一下，你也幫我指點指點。」

見三伯誇讚自己，前岳父十分高興。他是三伯的學生，學生在老師面前，總歸是想讓師傅知道自己的真實本事的。

三伯翹起會說話的眉梢，抽著煙，微微點頭。

前岳父便繼續道：「從這塊風水來看，它埋葬的人的後代應該會生雙胞胎，我的看法對不對？」

三伯沒有直接回答對不對，而是把剛抽完的煙頭扔在地上，用穿著灰色布鞋的右腳給碾滅。

「葬在這風水的人的後代很快便會生出雙胞胎，而且是龍鳳胎。只不過對於修炳來說，他會熬很多苦，當然，熬很多苦並不是壞處。華夏有句老話，苦盡甘來，一切都是值得的。在不久的未來，修炳也會在這裡遇到一個大富大貴的人。」

我眉頭一挑，好奇地問道：「我會遇到一個大富大貴的人？」

「恩，沒錯。」三伯點頭。

「三伯，那這個人是誰，有什麼特點沒有？」前妻很是關切地問道。

對於三伯，我能感覺得到前妻對他有一種很癡迷的信任，這種感覺很是匪夷所思。

三伯聽到前妻這樣問，他隨後道：「這個人呢，他長著鷹鉤鼻子。不過他目前比較落魄，並沒有什麼錢。他就好像是西楚霸王項羽再世一樣，這個人很勇猛。當修炳遇上他的時候，會全心全意地去幫助這個人。這就好像是兩個冥冥之中會相遇的有緣人一樣，只不過他們產生的不是愛情，是兄弟感情罷了。只是這個人是可以共患難，卻不一定能夠共富貴。當他有錢的時候，他會聽信他人就不會理睬修炳了，即使是修炳把命給了對方，對方也不會動心，他看起來鐵石心腸。只是我剛才說過，他畢竟是修炳要遇到的大富大貴之人，那麼這個人必然會在最後大徹大悟……」

三伯說完這些話，頗有深意地看著我。被三伯看著，我總是感覺自己像個透明人，還總感覺三伯身上有爺爺的味道。

這種感覺很奇妙，讓我仔細說來，是無法用言語描述出來的，或許是只可意會不可言傳吧。

對於三伯的話，我無法領悟其中包含的意義。所以我只好微微一笑，隨後走到旁邊和前妻嬉鬧起來。找風水的事情，三伯在這裡就成，我們不過是來這裡驗證一下罷了。

一會兒功夫後，三伯跟前岳父說了一下，兩個人便開始動起來。

三伯身上總是背著一個灰色褡褳，這裡面是他做事情的必備工具，三伯稱之為法寶。

他從褡褳裡面拿出來一個老紅色的羅盤，在雙手鼓動下，羅盤上面的指針在不斷顫抖，並且往復旋轉。

三伯手指頭掐來掐去，並且雙腳也踩踏著一些奇詭的步伐，他的手法還有步伐，讓人看起來感覺頗為神祕。

我仔細看著他的動作，想找出一些破綻，結果卻使我的眼睛被晃蕩得有些暈眩。

我慨歎一聲：「應該是我眼睛小的緣故吧」，不然魔術師劉謙的一些魔術，我怎麼可能也會信以為真？

如果三伯知道我把他當成魔術師，不知道他會不會苦笑一番。

十個呼吸之間後，三伯花白的眉毛似乎很是高興地跳動起來：「方位就是這裡了，如果能把埋葬之地放在龍脈之上，完全是一個大福報。不僅能讓埋葬此地的人和後代得到很大好處，也能讓眾生得到好處。有德有福有能力的人呢，自然還是可以造福整個世界的。」

三伯喃喃自語一番，接著把羅盤放在一邊，伸出手從褡褳裡面拿出三支香。

三支香被他點燃後插在正對山脈的地方，而後三伯雙手合十，俯身低頭，朝山脈之處祭拜了三下。

他看起來很是虔誠，如同在做一件十分重大的事情。

他做完這一切後，轉過身體，示意了我一下。

我點頭，三伯伸出手指讓我看向山脈一處稍微偏西的地方。

「修炳，所謂福人葬福地，你爺爺的這塊福地，我算是幫你給找到了！」三伯笑的樣子很是好看。

「這塊地方是很低的，故此，在未來你會受不少的苦。可是還是那句話，苦盡甘來，『地低成海，人低成王』，欲做諸佛龍象，先為眾生牛馬，便是這個道理。你的未來，是不可估量的。」

三伯拍打著我的肩膀，眼神裡充滿讚賞，他看起來十分欣賞我，如同看著自家孩子一樣。

我對著三伯，嘿嘿一笑，看起來有些癡傻，隨後拿出一根煙遞給三伯。這個時候，拍拍三伯的馬屁是再好不過了。

我當然喜歡我以後會大富大貴，雖說有不少苦，但是苦盡甘來就足夠了。

「這風水也只有三伯能看出來，倘若讓那些神棍，整瓶不搖半瓶搖的，可還真看不出來。」前岳父看著三伯微微一笑，頗為仰慕地說道。

前岳父跟三伯學習易經多年，在耳濡目染之下，也知曉不少東西。對於三伯宛如深淵闊海的學識和老道的經驗，他自然能夠知曉一二。

一切都按照計畫行動，當看出風水，找到墓地之後，便是叔叔上場，開始動工。

他是當兵出身，幹活方面自然沒什麼問題。隨後我又找到父親果園裡面的幾個老員工，讓他們跟叔叔一起來挖掘。這樣的話，能夠幫叔叔分擔一些壓力。

不過在幹活的時候，忽然有個老員工過來找我說話。

這個老員工我跟他比較熟悉，找他幫忙的時候，我特意給了他兩包香煙和一封兩百元的紅包，故此對我感覺倒是不錯。

他說道：「修炳，你這墳地的風水偏差了一點。根據我多年的經驗，如果朝左邊靠近一米再挖，勢必就能挖中最好風水。如果是別人，我可能隨便就幫他挖掘了。可是你不一樣，咱們關係還不錯，平日裡你待我們都很好，不像一些人，對我們是趾高氣昂的。當然我說的只是供你參考，你自己看著辦。」

我眉頭一挑，不知道該如何說，畢竟風水方面我也不懂。我轉眼看向叔叔，叔叔好像是聽到我們談話一樣，他一個人抽著一根煙，朝對面山上走去。

叔叔的速度很快，立刻就爬到了山坡上，開始觀望起周圍環境。

「這件事情，等一下我問問三伯。」我跟身邊老員工道。

老員工點點頭，他也知道三伯在風水方面有很深修為。

這個時候，叔叔忽然從山坡上朝這邊跑過來，因為跑得很急，故此有些氣喘吁吁。

他跑向了三伯。

「三伯啊，我覺得這邊風水是偏了一丁點，方才果園有個老員工也是這麼說的。您老給看一下，我們說的對不對？」

叔叔一來到三伯身邊便問。

三伯拿著煙，笑而不語。

這個時候，我也來到三伯身邊，把方才老員工跟我說的話重複了一遍。

三伯眼睛看著我，他的眼睛黑不溜秋，宛如黑色寶石。

「嗯，我知道了。」

他就說了這麼簡短的一句話。

我語氣一滯，再次看了看三伯，似乎想到了什麼。

我微微一笑，從自己兜裡拿出來一個紅包，這個紅包裡面可是裝著三千塊錢。

「三伯，只要爺爺在地下能住一個好地方，讓他入土為安，錢方面自然是沒什麼問題的。」

我沒有想到，這句話一說完，三伯臉色是微微一變，總之看上去他有些生氣。

「修炳，你覺得三伯是這種貪財如命的人嗎？」隨即，他呵呵一笑。

這時，我有些局促不安。三伯的話，讓我無地自容，我以小人之心度君子之腹了。

不過三伯氣量不小，他感覺到我的局促，看到我的尷尬還有羞愧。而後，他笑道：「修炳，實話跟你說吧，三伯呢，是不缺錢的。錢這個東西，現在對我來說是可有可無。再說了，自從跟你岳父認識之後，他給了我不少恩惠，錢自然是其中一些。

只不過我現在不跟你說，是我擔心洩露天機。隨著我對風水之術的研究越來越深入，我發現，冥冥之中好像有一雙眼睛在看著我，盯著我。說實話，這種感覺是不怎麼好的。倘若時時刻刻有人盯著你，你會是什麼感受？

到了這個年紀，三伯已經很少會洩露天機了。所以有時會故意偏差一點，但凡易經高手都深諳此道。

當然，有句話說得好，福人葬福地，即使我不說，一切也都有機緣。你修炳是一個運氣很不錯的人，走到哪里，做什麼事情，基本上都有貴人幫助你。」

三伯說完，恢復了他往日的微笑面容。

我靈機一動，眼睛一轉，知道了三伯說的話裡面的玄機。

他雖然沒有說出來，可是意思卻以另一種方式告訴了我。

我微微一笑，點點頭，朝三伯豎起了一個大拇指。

隨後我就給叔叔打了一個響指，叔叔意會，跟其他老員工說了一下，先不要挖掘了。

老員工們點頭，直接把挖掘了一個下午還不成型的墓穴放棄掉。

「修炳，接下來，我們可是要朝左邊一米的地方挖掘，你在一邊看著就成了。」叔叔朝我說道後，便帶著老員工丈量土地。

在之前挖掘目的地左邊一米的地方，叔叔拿出一個鐵鍬，便開始挖掘起來。

我站在三伯身邊，見三伯把一根煙抽完，我便再次拿出一根遞給他。

三伯這個時候，卻是搖搖手：「今天已經抽了不少了。」

我點頭。

「哈哈，挖到了。」忽然，叔叔朝這邊揮手，他笑起來的聲音十分爽朗，宛如孩子一樣。

我連忙跑過去，三伯也跟了過來。

看著面前渾然天成的墓穴，我感覺十分神奇。

「這個地方，是之前有人挖掘過嗎？」我好奇問道。

三伯搖頭道：「這個明顯是沒有人工開鑿的痕跡，故此，這個是天然墓穴，乃是上天的恩賜，也是你修炳的福氣。」

三伯朝天上指了一下，隨後朝我指了一下，看起來十分神祕。

我重新打量了一下這個墓穴，根據之前米仙所說的龍脈資訊，我發現這個墓穴是在「龍椅」中心點上。如果人躺在裡面，就是安安穩穩恰好坐在椅子上，端端正正，十分舒服。

「找到了？」前岳父走過來，笑眯眯問道。

我點點頭。

三伯道：「修炳運氣非常不錯，這可是一個風水寶地。算起來，我這一輩子到現在，也是第一次看到，看來那個米仙還是有點道行的。」

對於米仙，我聽得出來，三伯似乎對她有了一絲興趣。如果三伯能夠與米仙相遇，那該是多麼玄妙的一件事？

我腦袋裡面不禁浮想聯翩起來。

「修炳，你過來這邊。」

三伯跟前岳父說完話之後，朝挖掘的墳地對面的半山腰走過去，他在山邊起了一個卦。

這個時候，我恰好來到他的身邊。

三伯伸出手朝墳墓的方向指了一下道：「修炳，按照推算，倘若葬中龍脈，老天爺勢必會下一場雨，到時候山主人的一位至親便會離世。這個時候，便是你苦難的開始。修炳，你還記得我之前和你說過嗎？你這一生中，會遇到一個鷹鉤鼻的人，這個人是你的貴人也是你的磨難。不久的將來，那個鷹鉤鼻的人會出現在咱們現在所站立的位置。」

我聽三伯這麼一說，立刻低頭看了一下腳下。

腳下山石嶙峋，其中有一塊十分平坦，看起來光滑如玉。

「那個貴人會出現在這裡嗎？什麼時候？」我有些疑惑道。

「該來的總會來的，不要著急，也不要擔心。」三伯拍著我的肩膀道。

被他這麼一拍，我的心一下沉重起來。

「這個人呢，會把你的爺爺送回連山。當然，這也是他的福氣。老話常說，救人一命勝造七級浮屠。他幫你送爺爺回來，也算是你爺爺報答他的一個大恩惠吧。故此，你爺爺給了他很大財富；給你呢，卻是不少磨難。當然，修炳，你爺爺並不是偏心，反而是更愛你。」

說到這裡，三伯停頓了一下，可我確實更迷糊了，有些不懂，更不明白為什麼不是爺爺偏心。

三伯當然看到了我的迷糊、我的疑惑，他隨後繼續道：「有句話是先苦後甜，這世界上的很多事情都是這樣的。他讓你經受磨難，是為了讓你在之後享受更大榮耀，更多榮華富貴。故此，你爺爺是很有遠見的，是一個智者。」三伯讚歎道。

「周流天下賢良輔，氣運南方出將臣……本來嘛，用這個風水，一般人是受不了的。可是你的命格不一樣，乃是禍之所伏啊！禍兮，福之所倚！故天將降大任於斯人也，必先苦其心志，勞其筋骨，餓其體膚……南方將出一位……」

我哈哈一笑，三伯又說著一些我不懂還十分晦澀的話。

「修炳，我覺得你要對三伯全然相信。我知道你現在疑惑還很多，可是你三伯，的確是一個大能人。」

看到我的不理解，看到我的疑惑，前岳父也走了過來，拍著我的肩膀微微一笑道。

前岳父的話說得沒錯，但我畢竟還是一個無神論者，想要短時間內把我給說服，的確是不容易。

「這樣吧，我給你講個故事，也算是打發一下無聊時間。」前岳父呵呵一笑，隨後拉著我到一邊擺好的桌子前，讓我跟三伯坐下，一邊泡茶一邊說故事。

三伯和前岳父都喜歡喝茶，也喜歡抽煙，但是他們不喝酒，這倒是一個奇怪現象。

前岳父隨後道：「我跟你三伯有一個習慣，我們閑來無事就喜歡算算卦，算是打發一下無聊的生活。

我記得有一天，我找你的三伯到我的別墅裡面喝茶。這個時候，一個鄰居正好到我家裡。他仰慕三伯，更知道我們喜歡算卦，便笑著對我們說，讓我們幫他菜園裡面的一個南瓜給算算。

看一看這個南瓜未來到底是有什麼走向。

我知道他帶著一絲打趣的意味，不過對於你三伯和我來說，我們是當真的。當然，也是出於無聊，我們想要讓鄰居詫異一下。

你三伯當時就扔出一個龜甲，隨即掐指一算，約莫半分鐘後，你三伯就說，這個南瓜在未來半個小時內，就會被人給偷走，偷走南瓜的還是一個中年婦女。

呵呵，當時這人不相信，你三伯也不反駁，而是跟我優哉遊哉地喝著泡好的茶水。

可是半個小時之後，你猜猜結果如何？」

「結果如何？」我也是很好奇，於是立刻問道。

「呵呵，當然是你三伯算卦算對了，他可是沒有失手過。

在我們說完話不到十分鐘的時候，一個載客的摩托車中于把一個中年婦女給送到了目的地，也就是我們村。她來到這個地方之後，東張西望一番，最後看向了南瓜地。她應該是看到周圍沒有人，於是立刻跑上前，摘掉了南瓜揚長跑走……」

「修炳，你爺爺若葬中龍穴，那個鷹鉤鼻的項羽再世來到這裡後，一年內，他會從沒有錢變成億萬富翁，而你和小燕兩年內會生出一對生龍活虎的龍鳳胎！信不信由你。」三伯在前岳父還沒有把話說完時就很肯定地望著我，插了這一句話。

「修炳，你現在可是享盡榮華富貴，人見人愛。兩年後你會變得窮困潦倒，神憎鬼厭。你的凡人之軀在經歷無數的苦難後，仍然能活下來，你將會看清世間的一切真相，可你還是心甘情願地為眾生受苦……欲做諸佛龍象，先為眾生牛馬！」

三伯翹起花白的眉毛，自信滿滿地拍了一下我的肩膀。我心裡發慌得很：米仙和三伯不約而同所說的項羽再世，真的會出現？我已經有兩個女兒，還會有龍鳳胎？我只想過簡簡單單的生活，我不要做什麼諸佛龍象，不做象拔蚌，不做牛不做馬，更不做蝸牛，不做海馬！

三伯說的一番話，讓我心緒亂得不要不要的……
只是後來，真的如三伯所預言的，一語成讖。

第六章：保安護送靈車蛻變億萬富豪，真人真事令人心慕手追

經三伯祖傳的尋龍點穴手法，我們最終幫爺爺找到了他所要求的山清水秀、蝴蝶翩翩的人間仙境。

既然找到了這個地方，那接下來應該做的事情，自然就是選個好日子讓爺爺入土為安，把他的骨灰遷到此地。

一般而言，挑日子是比較講究緣分的。如果運氣不錯，挑選好日子頂多用幾天時間，倘若慢一點，則需要一年以上。

我問三伯，三伯隨後閉眼掐指一算。他閉上眼睛的樣子，在陽光普照下，顯得頗有點仙風道骨。

他說第二天子夜時分乃是最好的時候。

明天子夜時分，這個可不能耽擱，時間緊迫，我就快馬加鞭馬不停蹄來到廣州殯儀館。

殯儀館很冷清，一般這裡不會有太多人。死人喜歡清靜，活著的人呢，寧願費點電開空調，也不喜歡免費享用這邊的陰冷氣息。故此，我來到這裡，沒有耗費多少時間，便把爺爺的骨灰盒捧到了手。

準備離開的時候，我忽然想起來什麼，便走到爺爺之前骨灰盒放置的地方。

他骨灰盒的樓下，確實住著一位長相帥氣的孩子。看到孩子的照片，我頓時唏嘘不已。

這麼一個帥氣的孩子，正是青春正好的年紀，卻是去了另外一個世界，當真是沒有福氣。我替他惋惜，跟他寒暄了一會兒，而後朝左邊走了過去。

左邊住著一位比爺爺還要年長的婆婆，從照片上可以看得出來，她年輕的時候一定很漂亮。即使是年紀大了，可笑容依舊那麼燦爛，面容依舊那麼流光溢彩。

至於我為什麼會這樣做，是我覺得爺爺在這裡居住了十年，想必是跟鄰居們產生了感情的。爺爺是一個注重感情的人，他生前對他所遇到的人，所相處的所有人，都是和顏悅色、親近溫和的。

天下沒有不散的筵席，跟爺爺的鄰居們聊幾句，權當道別，我想這也算是我為爺爺盡的一份心意吧。

不過當我從殯儀館的門口出來沒多久，卻是發現一個詭異的事情。

後面有輛車跟著。

這輛車嶄新，是一輛凱迪拉克車。我有些納悶，他到底是要幹什麼？為什麼我去哪里，他就去哪里？他是什麼人？莫非是跟我手裡捧著的爺爺骨灰有關係？

難道他要搶奪骨灰？

我心中猜測不定，思慮萬千。只是這麼一想，心裡更是發慌。

我連忙抱著骨灰盒朝遠處跑。

那邊有我的飛度車，只要坐上車子，我就不用擔心了。

至少我對我的車技是非常自信的。

只是後面車裡的人好像是根本不給我機會，他發現了我的企圖。他直接開著車，來了一個急煞車，然後一個急轉彎漂移，就來到了我的面前，把我的去路剛好給擋住。

「你們想幹什麼？開車都不會開啊？」我故作憤怒地朝對面車喊道。

然後我心中斷定，他們是來搶骨灰的，隨即慌忙從一邊撒開腿就跑。我要跑到我的飛度車旁，我要坐上車，爺爺的骨灰誰都不能搶走。

我也不知道為什麼會有這種想法，可能是下意識吧。人在遇到一些突發情況的時候，總是會想到很多事情，也就是所謂的胡思亂想。

「快開門，我要進去。」我朝坐在駕駛座上認識了二十年的兄弟道明大聲喊道，聲音有些急切。道明是我忽悠過來的，我想讓他今天陪我過來。

他也算是好忽悠，所以跟我過來了。見我大聲叫喊，他把車窗立刻搖下來，隨即朝遠處皺眉一看，然後道明微微一笑道：「幹什麼？大白天的還有人敢搶骨灰啊？兄弟，你是不是有點太敏感了，那是顏靚。」

我聽到道明這話，隨即轉身，朝身後一看：遠遠看去，這人看起來頗為儒雅，一雙眼睛非常有神，身上更是散發濃濃英氣，眉宇軒昂，看起來非常精神。

這個人我記得，是一個找過我合作的人。我記得他說過，他幹過很多工作，以前還當過保安。對於這個人，我記得當時我並沒有放在心上。

至於他為什麼來找我，其實，這中間還是有一段故事，一段關於我的傳奇故事。

當年陪前妻上中山大學的時候，有一天我突發奇想，想自己學習建設網站。我是一個敢想敢幹的人，所以在這個想法誕生之後，就馬上去學校交了學費，接著夜以繼日廢寢忘食地學習起來。

我這人就是這樣，一旦認定了的事情，我覺得即使再怎麼苦，再怎麼累，都要完成。這些苦啊，累啊，都是成功的基石。

花費了半個月時間，我就學會了建設網站。

2002 年，我建設的藍色音樂網站引起全球轟動，因為不想出名，後來關掉了網站。

2002 年年末，把以前郵購的保健品搬到網站上賣，便成了早期的電商，想不到生意火爆得驚人。

2003 年，我成為了百度、淘寶的第一個合作夥伴。

2004 年，由自己發明專利的兩房一廳設計的由田紀夫內褲，298 元一條居然賣斷貨。

……

故此，商機是不斷走過來。當你成功的時候，一些東西會自動跟著過來，這便是商業的自發性作用。

我的成功吸引了許多人，他們不遠千里來到我的面前，想要跟我合作。百度高層甚至以見到我為榮，他們都想跟我共同打通財富之門，而顏靚便是這群人其中的一個。

記得那年我的生日，只宴請了 20 個人，結果來了兩百多號人。那時候用座無虛席來形容那種場面實在是對不起春運，因為春運在我印象中很多人是沒有位置坐的，而我走運的那個時候比春運還要暈菜，引來濟濟的人才擠在一堆，一起靠著牆角擼起袖子才能乾杯……

那位帥氣十足而且長著鷹鉤鼻子的顏靚，從那一個晚上開始，我們漸漸由陌生走到熟悉。

我把骨灰盒給道明端著，然後朝顏靚走了過去。

我微微一笑道：「今天怎麼有空過來了？」

我對他印象還算不錯，所以我面帶微笑。

顏靚見我笑，他也笑。他從遠處走過來，龍行虎步，帶著一股風。

「今天是你爺爺衣錦還鄉的日子嘛，所以我就過來送他回家。哦，忘了跟你說，我是偶然間從一個朋友那裡得到的消息。」或許是看到我的疑惑，顏靚隨後解釋道。

我心裡當即有一種無法言說的情感在萌動。

他的這個行為讓我有些感動，雖然我是商人，一個很精明的商人。我也知道他這是曲線救國，想要打動我，可這件事情他的的確確也打動了我。

因為我也是人，我還是一個普普通通的人，我有情感，我會心軟。

對於顏靚，我做過瞭解。畢竟知己知彼，是我的職業準則，也是我的為人處世之道。

顏靚，湖北人。他早年做過很多工作，不過當保安的日子算是他比較難忘記的日子。他出來打工的時候，不過是十幾歲模樣，是一個窮人孩子早當家的典範。

這個顏靚，後來三伯見過他。三伯跟我說，要好好跟顏靚相處，他說這個人可是項羽轉世。

我當時就納悶得很，但是三伯說了一些項羽身上的特徵，我頓時有一丁點感觸，我覺得顏靚比較奇特。

古書上說，項羽力氣很大，力拔山兮氣蓋世；古書上也說，項羽眼裡有雙瞳；古書上還說，項羽學習能力很強，熟讀兵法，戰略計謀層出不窮。

而顏靚似乎跟這些描述很是相似，首先他力氣不小，不然也不會當保安。據說，他在保安裡面是力氣最大的一個，十多個人都不是他的對手。至於掰手腕這些小把戲，在顏靚看起來都是小孩子過家家玩的東西。

故此，在保安隊裡面，所有人都服氣，都叫他大哥。呵呵，倒是有點黑社會老大的意思。

他的眼睛炯炯有神，瞳孔發亮，比之項羽的雙瞳有過之而無不及。

我記得中國這個地方，有雙瞳的人很少，有也絕對是稀有人物。

根據歷史記載，有雙瞳的人是倉頡、虞舜、晉文公、項羽、李煜、高洋。

對於上面這些人我想很多人都不陌生。

倉頡乃是幫助黃帝創造文字的聖人，從而開創了文字記載事物的時代。

虞舜那更不用說，能夠與唐堯齊名的人，豈能是平凡之輩，他乃是千古一帝。

至於晉文公，公子小白，乃是春秋五霸齊國的國君。

項羽，力拔山兮氣蓋世，華夏時代中最具有爭議的一個人物，曾經在巨鹿之地背水一戰，擊敗秦軍主將章邯。章邯可是秦朝後期最出色的人將之一，可惜最後也敗於項羽之手。

李煜，這位南唐後主，曾經在中國文壇上獨樹一幟，是一位有很大威望地位的文人君王。

高洋，是南北朝時代北齊這個國家的建朝者。

從這些可以看出來，生有雙瞳的人，都是能夠建立一番功業之人。

他們都是奇怪的人，用一句話來說，天賦異稟，奇人奇相！

或許雙瞳之說只是一個傳說，但是顏靚目光如炬，這倒是精明能幹的象徵。

三伯精通易經相術，加上顏靚身上散發出來的一些東西，所以三伯說他乃是項羽再世。

當時我只不過是把三伯的話當成一個玩笑，三伯就喜歡開玩笑，還說我是劉邦再世，怎麼就不說我是流氓再世呢？呵呵，我可是憐香惜玉之徒哦。

所以我是沒有把這件事情太當回事，只不過之後發生的一些事情，讓我開始有點相信三伯所說的話。

當然，這些都是後話。

再說顏靚這個人，他商業點子還真多，我就拿一個小小的實例來說一下吧。

他當時做過雜誌廣告業務員，因為勤奮，他的業績節節攀升。在與廣告主的溝通中，顏靚很會借力，應酬時經常自己先吞一瓶高度烈酒再把廣告主灌醉。俗話說酒後吐真言，顏靚就這樣從廣告主嘴裡獲悉幾百元的捕魚機在雜誌上登個廣告就能賣幾千元的商機。於是顏靚既賣廣告又自己登廣告，一下子自己就成為了老闆，賺得盆滿缽滿。他人生中的第一輛桑塔納轎車就是這樣賺來的，當然其中的艱辛也只能是他自己知道了。

憑藉他的智慧和勇敢，這麼多年下來，他總算是有了些成就。找我之前，他剛創立了一家公司，這個公司是專門做健康產業的，產品主打保健品，所以市場前景是非常不錯的。

他是打了很多廣告，在一些雜誌還有報刊上都做了廣告，投入了很多錢。

但是他有一個弱點，對互聯網一竅不通。當時我倆也是機緣巧合，我的網站成果不錯，他就覺得我是互聯網奇才。故此，三番五次來找我合作。

一開始我不過以為他是普通人，一個再普通不過的商人而已，所以對他注意力不是太大。但是隨著我們之間不斷接觸，我發現這個人有很多的過人之處。

比如他這一點做得就很不錯，懂得打人情牌，來看我爺爺，為我爺爺送葬。

看著他如此熱情的分上，我當然感動。

顏靚伸出手指著他的車子道：「兄弟，聽說你今天要護送爺爺回去。正好我前兩天剛買了車子，今天就當靈車把爺爺送回去，算是兄弟的一點心意。這個車子開回去，對老爺子來說可是倍兒有面子，就是在下面，老爺子也會很高興的。所以，你可不能拒絕我。還是那句話，我顏靚就是這樣的人，敢愛敢恨，有想法的事我就放手去做，對待兄弟朋友，我一向兩肋插刀。」

聽著顏靚拍著胸脯說的話，我燦然一笑。

對於別人如此說話，我肯定嗤之以鼻，可是對於顏靚，我從心底裡產生一種莫名其妙的信任感。

這種感覺到底是因為什麼，我一時間也是說不上來，或許這就是萍水相逢的緣故吧，其他一切也不顧了。

不過說實話，我還是覺得顏靚的臉皮有點厚。因為我拒絕過他好幾次，他找我合作，我都沒答應。對於他始終保持的熱情，我倒是有點哭笑不得，或許臉皮厚的人更容易厚德載物吧。

「咱們都是男人，說話辦事都是男人的樣子。好了，別想那麼多了。我今天來可不是帶著別的目的，我只是單純地想送一下老爺子。你可能不知道，我爺爺當年走的時候，我是沒有機會去看他一眼，去送他一程。」顏靚說到這裡，頗有一絲傷感。

我看著他的表情，知道他沒有說謊，一個人的真情實感流露出來，是不會作假的。

一時間我心裡也有點不是滋味，我懂他的心情。

隨後顏靚勉強一笑，想把傷感驅走。「再說了，你的飛度車那麼窄，怎麼能坐得下這麼多人。所以乾脆分一點過來，我這車子大，能裝得下足夠多的親朋好友。」

他打趣的話，讓我沒辦法拒絕。我倒是覺得顏靚真的是會做人，做事情也是有模有樣、有條有理、有情有義，我似乎找不到拒絕的理由。

正當我猶豫的時候，那個被我忽悠過來的道明卻是打開車門，抬著腦袋昂揚闊步走了過來。他拍著我的肩膀：「兄弟，你這可不仗義，人家都這麼熱情，你難道讓他熱臉貼上你的冷屁股？這樣可不好，來，顏靚兄弟，我過去坐，再說了，我認得路，可以當嚮導。」

說完話，道明就搭著顏靚肩膀朝他的凱迪拉克車走過去。不過，道明轉身的時候，朝我豎起了一個中指。

我乾笑一下，有些尷尬，我知道道明是什麼意思。他是在抱怨我，抱怨我把他坑過來了。

畢竟我之前讓他過來的時候，是跟他說，我要帶他來「按摩」，來「撩骨場」。「撩骨」用粵語來說，就是按摩的意思。

現在按摩場卻變成了骨灰場，按摩竟變成了送葬，他心裡多少有些芥蒂。

「行，你們兩個就在前面走。顏靚，謝謝了。」我有點客氣地朝顏靚說道。

畢竟這個時候，我們並不是太熟悉，而且在我眼裡，他是一個商人。

對於商人，我不知道為何，從心底裡面會生出一絲戒備，儘管我也自稱是個幹練的生意人。

或許是人生中的一些經驗，讓我知道了「無奸不商，唯利是圖」這八個字的真正含義。

隨後我就開著我的飛度車，跟前面的凱迪拉克車一起朝連山進發。

我們並沒有上二廣高速，因為當時二廣高速還沒有開通。故此，我們只能走山路。

山路並不顛簸，開起車來舒服無比。

在路上，或許是想找一點樂趣，故此，我們想了一個方法：賽車。

我們開著靈車飆車，相信這種事情史無前例。

「你可當心點，真是的，在這個地方賽什麼車。」我爸眉頭一皺，有些抱怨道。

「爸，沒事，你兒子的車技很扎實的。再說了，這裡可是咱們的地盤，路況我熟悉得很。」我朝我爸笑道。

隨後我讓我爸捧著爺爺的骨灰盒，系上安全帶，準備開始。

從後視鏡中，我能看到漂亮的表妹坐在後座上，她眼裡浮現一絲期待。

山路兩邊風景不錯，都是青山綠水的好地方。

凱迪拉克車和我的車子並列在一起。

「怎麼樣，要不要來點賭注？」顏靚朝我微微一笑。

坐在顏靚副駕駛座上的道明唆使道：「來呀，怕啥，你車技我可是知道啥水準的。再說了，今天你不賽車都不行，不然下一次我可不會再被你忽悠了，算是當我的賠償。」

道明似乎很激動，他朝我倒豎大拇指，晃動著撩撥我。

我被道明弄得怪不好意思的，這件事情呢，的確是我忽悠他。而他如此耿耿於懷，我也沒辦法，只能讓他開心一點，順順他的心意。

我點點頭：「行，那就來，不過你說要拿什麼做賭注？」

「如果我輸了，我給你五千塊錢，怎麼樣？如果你輸了，你要答應跟我合作。」顏靚忽然舔著嘴唇朝我壞笑。

我白了他一眼，這傢伙就是要給我下套，不過現在箭在弦上不得不發，再說了，我能輸？

我就樂呵呵說道：「行，兄弟，你可是要把你的五千塊錢準備好了。嘖嘖，這五千塊錢可是夠我跑多少次長途，油費都夠了，哈哈。」

我說完，便打了一個開始的手勢，跟著顏靚的凱迪拉克車比賽起來。

「晶晶，等一會兒超越他的時候，你就給我撒紙錢，讓爺爺看看他的孫子到底是有多厲害。」我十分自信且豪邁地笑道。

表妹晶晶自然是也想看我的比賽，她做了一個 OK 的手勢：「放心吧，表哥，我還等著你得到五千塊錢分我一點呢。」

我說，完全沒問題。

這裡山道平坦，並不像一般山路那麼崎嶇。故此，我能夠無所顧忌。

隨著不斷前行，猛然間遇到一個轉彎山道。

我知道這個是我的轉機，是我的機會，是我可以把凱迪拉克車拋在身後的好機會。

我心裡有些得意，但面色嚴肅。我知道這件事情不能馬虎，要想贏錢，必須謹慎，那可是五千塊錢呢。

五十張老人頭，毛爺爺的老人頭一直在我的眼裡搖晃著。

「來吧。」我輕聲呢喃一句話後，車子猛然加速。我把飛度車的時速提高到了 160 公里，這個時候，車子簡直是跟飛的一樣。

車子在山道轉彎的地方發出一聲聲刺耳的響聲，我能感覺到我的車子做了一個非常完美的漂移。

「哈哈，表哥，你真牛！」表妹晶晶忽然大聲笑道，眼神裡充滿著對我的崇拜，臉上也浮現出高興的神色。

不遠處被我落在身後的顏靚和道明，兩人目瞪口呆。

他們被我的車技給震懾住了，這個彎道那麼完美的漂移，在他們看來，簡直是比電視節目裡面的賽車比賽還要精彩。

「臥槽，真牛逼。」道明驚詫萬分道。

顏靚挑了挑眉：「真人不露相啊。」

不到兩個小時，我們就到達了青山綠水常伴左右的連山，這種速度與激情或許只有在電影裡才有機會感受。

與顏靚賽車之後，他果然很守承諾，下車後嘩啦啦地掏了五千大鈔給我。我也沒推脫，畢竟男人嘛，願賭服輸。再說了，他顏靚是一諾千金之人，商人最重要的品質是擁有的，我若是推脫反而不美。

雖然我在人情世故上不太老道，但是一些做法還是知道的。

後來和顏靚身邊的兄弟們接觸久了，才知道我們靈車飆車時，顏靚是特意讓我的。聽他們說，顏靚以前還當過賽車手。在廣州花都的一次賽車中，顏靚本來是可以穩穩地勇奪冠軍的，只是在遙遙領先準備到達終點時，路邊有一個美女的裙子被風吹了一下，顏靚就特麼的瞄了那麼幾眼，冠軍就變成了老二……

何況，顏靚當初開的是凱迪拉克車，而我開的是飛度車，如果不是他的謙讓，我能贏嗎？

顏靚的謙卑，讓我肅然起敬。

「接下來我們做些什麼？」顏靚從凱迪拉克車子上下來後，很是認真地問我。

我頓了頓，隨後道：「到埋葬的吉時還有幾個小時，這段時間咱們把要準備的東西和儀式先弄好。」

中國大地上，無論南北方，儀式是很重要的，這表示對死者的尊重，何況這件事的主角還是我的爺爺，更不能馬虎了。

「對了，等一會兒你在下面待著，我們上去。」儀式搞完之後，我忽然來到顏靚身邊朝他認真道。

顏靚連忙道：「我不能上去嗎？」

我估計他是認為我不讓他上去。

我連忙一笑，搖頭道：「不是這樣的，你的凱迪拉克是新車，底盤低。我爺爺要埋葬的地方，山路崎嶇，你這新車開上去，明顯是找不痛快吧。」

顏靚恍然大悟，原來我不讓他上去是因為這個原因，他隨即大氣擺手。

「這算什麼，放心，這沒事。再說了，埋葬這件事情可是個大事情，萬一耽擱了吉時怎麼辦？你剛才也說了山路崎嶇，不好走，所以時間肯定摸不准。我這車子上去，肯定不耽擱，而且內部也寬敞，能把你們都帶上。人比車重要，你可不能馬虎，我都不在乎，你在乎啥？」

顏靚伸出手掌在我的肩膀上猛然一拍，眼睛緊緊盯著我，他的雙眼似乎比紋了眼瞳線還要精神。

我知道他是認真的。

這個時候我爸走了過來，他或許是看到我跟顏靚之間的關係還沒有達到親密無間的程度，但是看到顏靚如此熱心腸，就過來圓場。

在我爸的示意下，我點點頭。顏靚這才興高采烈，拍著我說道：「這樣才對，怎麼今天婆婆媽媽的，以前不是爽快得很嗎？」

我看著顏靚，心裡充滿感動。行，顏靚這人的確不錯，等回頭我再看看有什麼可以合作的。

當然顏靚不知道，我心裡已經把他認可了。

車子很快朝山上駛去。

此時已經入夜，夜間山霧迷濛，在整個山峰之間悠悠蕩蕩，如同畫家潑墨，猛然　看，整個山林變成了一副大地水彩丹青，十分靜謐和美麗。

一路泥濘，一路崎嶇，一路風景，在夜裡誰也沒有心情看。

只是，每當看到前面的凱迪拉克車刮底盤的時候，每次看到凱迪拉克車被山上的樹枝折騰的時候，我就聽到野外那青蛙的呱呱叫聲特別悅耳，我懷疑顏靚是不是在和青蛙和聲。青蛙可能是肚子餓，顏靚可能是心疼……

凱迪拉克車和飛度車在山上越野就能分出公母性別，那公的早就到了山頂，而我那飛度公主在山底就已經拋了錨。

「怎麼辦？怎麼開也開不上坡，爺爺還在我車上呢！」我撓著頭皮嘗試了好幾次，飛度公主就是那嬌脾氣，賴在山底羞羞答答地不願走。

「兄弟，你把方向盤抓穩往左打，我在後面推！」顏靚把凱迪拉克車開上山頂後，居然跑到山底下來幫忙。

「噗噗，噗噗噗噗……」我重新打著了飛度車的引擎，顏靚在後面使勁地推著。一個坡上了，一個坡上了，一個坡又上了……

到了山頂，我看見顏靚全身已經濕透，卻沒聽到他有半句怨言。他那樣地一路推車，居然把我緊鎖的心門給推開了，就是那一瞬間我確定了和他合作。（互聯網初期，拿著幾百萬元來求我合作的人排長隊。那個年代，只要人不傻，投資幾十萬元賺個幾千萬元很正常，做生意商機可是最重要，最終我只選擇了與顏靚合作，這確實是他的福氣。）

顏靚，在和我比賽靈車飆車後，還擼起袖子給力地幫忙推車，他的舉動感天動地，他未來的成功是必然的，我看到史上最強屌絲逆襲已在路上……

一位保安護送靈車蛻變億萬富豪，真人真事令人心慕手追。

各位看官們，你們知道已經和騰訊董事長馬化騰走在一起的顏靚現在的身家有多少嗎？一億？十億？百億？還是失憶和回憶？

三伯說，護送我爺爺回連山的那人就是西楚霸王項羽再世，真的有那麼神奇？

三伯說虞姬將會出現，她和他因前世的約定今生又再相見，她和他將喜結連理、百年好合，今生來世冉不分開，執子之手白頭到老……

三伯所說的不是霸王別姬的故事嗎？那麼浪漫的愛情等到今生才圓滿，為了看到這個完美的結局，可讓你們等了好幾輩子了！

穿越時空，終於等到 2017 年的到來，讓我們擼起袖子一起祝福她和他吧！

三伯說，我將會遇到更多不可思議的奇人異事。三伯還說我們這個時代會出現歷代國內外各種預言書籍中所預言的「紫薇聖人」，會是您嗎？

第七章：易經高手三伯，預言句句成真，難道他是劉伯溫再世？

我們按著記憶和羅盤指示，迅速朝山上行進。

忽然間，一個跟隨我老爸打工多年的老員工把沉重的祭品放下來，伸出手朝我們指著一個方向，很是高興道：「就是這個地方了。」

於是我便把爺爺的骨灰盒抱著，小心翼翼地走到風水寶地上。

隨即我們開始動工。

挖掘出來的泥土散發著清新味道，遠處的水稻在涼風吹拂下，搖搖晃晃，好似一片海洋。

我掏出打火機點燃一米高的蠟燭，隨即所有人都注視著前面，屏住呼吸，不敢有任何聲響。

我們把骨灰盒及陪葬品安然放入裡面，然後等待封土。

叮噹一聲，鈴聲響動，我知道封土時間到了。

「點香，磕頭。」

我遵從這個前後順序，從一邊掏出三根香燭，點燃後握在手中，開始磕頭。

九下之後，我把香燭插入了泥土裡。

這個時候，天上忽然飄起了一陣細雨，而後是三聲春雷響動。

微風吹拂面頰，雨水潤濕我的頭髮，這一刻，我覺得萬物都充滿生機。

「現在吉時已到，晚輩們敬請祈願！」父親果園裡的老員工上了柱香給我的爺爺之後，振聾發聵地朝我們說道。

聽到他的話，我們便都陸續跪下，開始祈願。

大家都閉上眼睛，我也閉上眼睛。

雖然我不知道他們祈求的願望是什麼，但是我卻是很清楚我要祈願什麼。

「我祈願眾生幸福，願天下的苦我一個人來受，天下的福眾生享。願眾生離苦得樂，願送我爺爺回來的那個顏靚大富大貴……」

我無聲地張開嘴巴，用我的心聲來傾吐我要說的話，我要許的願。

叮噹、叮噹，一股鑼響，我們都站了起來。

站起來的瞬間，我發現在石碑上面，爺爺忽然出現了，他正在朝我微笑。

他的笑容還如以前一樣，那麼溫和，那麼慈祥。

我晃了一下腦袋，以為是自己出現幻覺。

但是搖晃腦袋之後，爺爺依然存在。只是當我想要叫喊的時候，他便伸出手朝我搖搖，示意我不要說。

這不是幻覺，這是什麼？

這是我無法解釋的事情。

但是其他人好像並沒有察覺到這個事情，這到底是怎麼回事？難道只有我自己能看到爺爺？

我轉身朝他們再次打量一下，很顯然只有我自己能看到爺爺。

這個時候，一陣風吹過來，颯颯的風聲鑽入我的耳朵裡面，我感覺背後生出一陣冷汗。

這到底是怎麼回事？這本不應該出現的事情，為什麼出現了？

這一下可是徹底顛覆了我的世界觀和認知觀。

我皺眉看著爺爺，希望他跟我解釋一下這個事情，不過爺爺卻沒有讓我說話，而是他先開口了。

「傻孩子，除了耶穌，全世界沒有一個人像你這樣祈禱的。好的都給別人，不好的全部自己扛，不過這樣才是我的好孫子！」墓碑上爺爺就那麼站在那裡跟我說話，此時此刻，我覺得整個畫面如同 4D 螢幕一樣，爺爺的影子在裡面以立體形態出現在我的面前。

隨後爺爺輕輕一甩手，一幅幅畫面就出現了。

這個可真是如同放電影一樣。

這些都是當年我跟他在一起的場面，還有一些是我還沒有出生前的情景。

其中一個記憶猶新，我始終無法忘記。

那是一個被人無法遺忘的年代，時間往回去倒退幾十年，那個時候正好是一個動亂的時期。

當權者的好與壞我們且不去討論，如果探尋那一段歷史，我們肯定知道，那是一段讓人痛哭流涕的歷史。

當時遭受批鬥是很正常的事情，我爺爺當時被批鬥的原因，並不是太複雜。他私底下藏了很多布匹，然後就被我爺爺的一個仇人發現了。

他們平日裡關係不怎麼好，於是乎就抓住這個機會要把我爺爺朝死裡整。

爺爺是老裁縫，他平時總是把公社不要的布匹碎料拼湊起來縫成衣服，再送給食不果腹衣不蔽體的窮苦老百姓們穿，這在當時可算是大罪。

只不過我爺爺福大命大，最後只是被抓入牢房裡面改造了一段時間。

不過這件事情雖然說後來是得到平反，但是那段歲月裡面，這件事一直是他心頭的傷痕，他不敢抬頭見人。畢竟很多人都說你是資本主義，大家都戴著有色眼鏡去看你，這種日子是讓人很難受的。為了忘記仇人，我的爺爺從此開始學會了健忘；為了生存下去，他裝瘋扮傻了一輩子。

我現在想想，倒是很佩服當時爺爺的勇氣，佩服他對生命的灼熱追求。

當時爺爺很喜歡帶我偷偷去河邊玩耍，曾經有段時間，沒有爺爺的陪伴，我不敢去河邊玩耍，可是我很想去弄些貝殼田螺之類的小東西玩玩，這些東西可好玩了。

它們是我還是孩子時候的玩伴。

後來爺爺知道了這件事情，知道我去河邊一個人不開心，於是就什麼都不想，也不管別人怎麼看他，就果斷地背著我，朝河邊走去。哪怕所有人都說他瘋，他也不怕。

我坐在爺爺的肩膀上，嘴巴裡面還動不動就說出駕、駕、駕的字眼，把爺爺當成馬來騎，現在想想當初的我還真是天真純潔得不行。

如果是現在，我倒是做不出來了。

想著、想著，我的嘴角情不自禁地浮現出一絲微笑。

爺爺似乎猜到了我在想著什麼，他忽然從墓碑上站起來，朝肩膀上一指，我看到了不可思議的一幕。

爺爺變成了年輕的模樣，而他的肩膀上坐著的孩子，正是小時候的我。

那個時候，我很天真、很傻、滿是孩子氣，小臉上長滿肉肉，如果捏一下肯定覺得很舒服。

我忽然咯咯一笑，笑得如同銀鈴一樣響亮，聽起來十分爽朗。

只是剎那間功夫，爺爺和他肩膀上的我都消失不見了。

墓碑上面一陣晃動，如同時空被某種力量打斷，產生出一點點雪花，而後是一道道波紋。

「爺爺，爺爺。」

我喊了兩下。

這個時候，我爸來到我身邊，皺著眉頭，一臉疑惑地朝我的肩膀上拍打了幾下。

「嗯？怎麼了？怎麼在這裡傻站著，我們都在喊你，你沒聽到嗎？」

我爸張著一雙微眯著的小眼睛看著我，眼神裡浮現無盡的好奇。

他肯定是在想，我到底是怎麼了？是不是靈魂出竅了？

我當然沒有把剛才的事情跟他說。

即使我跟他說，他也不會相信，肯定以為我是花眼了。

我呼出一口長氣後，朝爺爺的墓碑上走動了兩下。

我摸著爺爺的墓碑，嘴角呢喃道：「爺爺，你在下面也要過得好好的。」

隨後一陣山風吹來，我抬頭看了一下上空。

此時小雨已經停止，而天上的烏雲也在風的吹拂下散去。

無形虛空上，點綴了一顆顆星辰，看起來天空是如此的立體透徹，一層層薄雲，看起來像薄如蟬翼的紗巾，一陣陣光輝在星辰之上閃耀。

聽說一個人離開這個世界之後，就會變成一顆星辰，進入漫天星空之中。

我的爺爺，他到底是哪一顆星辰呢？

「修炳，準備回去了！」家裡人拍了拍我的肩膀，剛剛還呆若木雞的我此時才醒過神來。

我看了一下手機，原來已經是淩晨 3 點了。我看到顏靚就站在對面的半山腰裡，目光炯炯有神地看著我們，他的影子清晰得不得了，那不正是三伯所說的項羽再世嗎？

三伯看風水時所說的話，在這一刻才證實不是大話，爺爺下葬的那一刻，那個鷹鉤鼻的人站著的地方，正是我們當時看風水的半山腰。三伯的料事如神和我剛剛經歷的光怪陸離的事情，讓我對這個世界產生了敬畏。

爺爺正式入土為安，我們大功告成後，便爬上了對面的半山坡。這時，顏靚卻像打了雞血一樣，熱情奔放地打開車門迎接我們。我看見那個被我忽悠回來的道明，在車子裡已經酣然大睡。

「兄弟，辛苦了！」我拍了拍顏靚的肩膀。

「兄弟，你的爺爺就是我的爺爺，別客氣！」顏靚臉上流露出來的神情，在伸手不見五指的黑夜裡，顯得格外溫暖。

到了縣城，已經是淩晨四點。我叫家鄉裡的兄弟黃波出來和我們一起吃宵夜，然後叫黃波開了一家陶鑄曾經住過的招待所（1965 年，時任中南局第一書記的陶鑄到連山視察時入住過的招待所）給他們住。

第二天早上，顏靚和道明連早餐都沒吃，就惶恐不安地溜上了前岳父家的七樓。顏靚說昨晚住的酒店太殘舊了，還半夜鬧鬼，所以沒睡好。一進門他就癱坐在沙發上，他那疲憊不堪的表情讓我有點心疼。

「修炳，我說那個鷹鉤鼻的人就是他了，這人確實是項羽再世，他祖上有一卦面臨長江的風水寶地特別好，這人一年內會有幾個億身家……」在前岳父旁喝著茶的三伯，不知道為啥，興奮地動起身來，滔滔不絕地和我說起了羅定口音的粵語。

我看見三伯的頭髮已經有點發白，臉上皺紋也有不少，一雙眼睛十分深邃，鼻梁骨很挺，厚厚的嘴唇稍顯紅潤，他那會說話的眉梢讓畫家不知道該浪費多少筆墨才能描摹出那種生動。

對於三伯，我是很敬重的，敬重中還帶著一絲很微弱的畏懼。

之所以說是畏懼，是因為三伯很神祕。

他有很多神奇的能力，一開始我並不相信，可是當我真正跟他接觸下來後，才發現三伯所做的事情完全顛覆了我的認知。

要知道我可是一個無神論者，也沒有受過高等教育，這樣的凡夫俗子一開始對三伯是保持戒備之心的。

可是隨著對三伯不斷地瞭解，我才發現，三伯是一個上知天文、下知地理的能人。

他讀《易經》，學「八卦」，對華夏的古典文學還有一些奇門遁甲之類的玄學是很瞭解的。

「修炳，那個人嘰裡呱啦的在說啥？」聽不懂粵語，更聽不懂羅定粵語的顏靚，伸起懶腰站了起來。

「這是三伯，他說你一年內會有幾個億身家！」我對著顏靚實話實說。

「神經病！修炳，你吹牛也不打草稿，別胡說八道！」只有幾個員工，連臺電腦都沒有的顏靚，當然不相信三伯的話。可是誰都喜歡聽好話，顏靚就這樣對三伯產生了好感。

「修炳，他這個人雖然沒有什麼文化，出身背景也不太好，但他前世的基因和天賦在今世將被繼續發揮得淋漓盡致，這人一年內將會出人頭地，未來將令所有人刮目相看。這個人在不斷輪迴中與你有無止境的緣分，這輩子你會為他吃很多虧。但這輩子你們不會再是宿敵，如果你能夠修忍辱，有可能將來你們能擔當起創造世界大同的人類終極美好夢想，真有那一天就好了！很多前因後果，在你開了天眼的時候，自然能看到。天眼是在一些機遇來到的時候才會打開的，你現在看不到，以後是會看到的。」三伯第一次見到我的時候，就說我有天眼。故此，他才一直和我探討天眼的話題。

「修炳，三伯和你唧唧歪歪的又說什麼了？」顏靚突然對三伯說的話有了興趣。

「兄弟，三伯說你一年內將出人頭地，以後讓所有人對你刮目相看！」我斬釘截鐵地把三伯的一部分話翻譯給他聽，我知道如果全部翻譯出來說給他聽的話，恐怕他會以為我和三伯不是神經病就是神棍。

顏靚聽了之後，虔誠地望向三伯，他那靈動的雙眸閃出了一線靈光。

被我忽悠回來的道明，對語言有一種天賦，別說粵語，六國語言他都能聽得懂，故此他直接用粵語問三伯：「三伯，能幫我看一下運程嗎？」

三伯翹了一下眉毛，瞅了一眼道明。

「修炳，三伯寧願不說話都不喜歡說假話給大家聽。你這個兄弟十年內都混得不好，想找到老婆也要十年後。但你這個兄弟嘴角上有顆痣，怎麼窮，也不愁吃不愁穿。他雖然好吃懶做，但他心地善良，他很有男人緣，是你值得交的兄弟。」

能聽得懂粵語的道明，聽了三伯的一番話後，對三伯的感覺一般一般全國第三。

三伯說話不會拐彎，令我對他有看法：一個算命的怎麼就不能圓滑一點呢？

那一年是 2007 年，到了 2017 年，道明還是事業無成。別說老婆，連個女朋友都沒有，為了讓他有自豪感，我在他的照片裡 P 了個兒子上去。我認為，只要一個人有父愛，天下人都是你的兒子。

中午，我們要在爺爺的墳前做飯吃，這是我們家鄉的一個習俗。

爺爺埋葬的風水寶地屬於瑤胞（瑤族同胞）擁有，瑤胞們喜歡高山，對那麼低窪的地方根本看不上眼，所以山主把風水寶地以八百塊人民幣賣了給我，為了答謝他們，我們約了中午一起在山上吃飯、喝酒。

約好的時間過了很久，我們才看見山主的兒子一個人氣喘吁吁地趕了過來。我聽山主的兒子說，她媽媽的媽媽（已臥病多年）昨晚半夜安詳走了，家裡人在處理後事，所以他一個人代表家裡人過來吃飯。

酒杯剛端起，我就想起了三伯看風水的時候說的話：「如果葬中了龍脈，修炳你上頭柱香的時候會下一陣雨，這山的主人肯定會有一位至親很快離世，修炳你會從那一刻起開始熬無盡的苦。下葬的那一刻，那個鷹鉤鼻的人就在我們現在站著的地方……」

三伯太神奇了，他的預言全部都會實現。他所預言的準確，讓你完全沒有準備，特別是預言我的破產，更讓我沒有一點防備。

預言是什麼？

預言是對未來將發生的事情的預報或者斷言。一般來說，預言所指的不是通過科學規律對未來所作的計算而得出的結論，而是指某人通過非凡的能力出於靈感獲得的預報。

三伯還預言我將會遇到哪吒轉世、虞姬再世、杜甫再世、天蓬元帥下凡、嫦娥下凡、十八羅漢下凡……

是真的嗎？請大家拭目以待。反正項羽再世的顏靚，如今已經成為億萬富豪。

易經高手三伯，預言句句成真，難道他是劉伯溫再世？

三伯說，他的父親和爺爺都是易經高手，三伯今生的使命就是尋找一位不一定存在的神奇人物（祖輩流傳下來這輩子會出現的人），聽三伯說這個人的名字叫紫薇聖人。

紫薇聖人，這是歷代國內各種預言書籍中都提到的聖人。預言可追述至一千八百多年之前，有諸葛亮的

《馬前課》、唐朝袁天罡、李淳風的《推背圖》、宋代邵康節《梅花詩》、唐朝《黃檗禪師詩》，再後來有明朝劉伯溫的《燒餅歌》。而且，這個人似乎全世界的人都在找他，他在哪？

三伯還說紫薇聖人出來後，還會出現一位紫薇聖女，真的嗎？

第八章：易經老人指點億萬富豪窩，紫薇聖人千古謎誰能解？

回廣州的路上，天上飄起了綿綿細雨，這個時候的雨水還是頗為冰冷。南嶺之地的雨水無論什麼時候，總會是讓人心神有點不一樣的感覺，如果風比較大，那將會是比較濕冷。

路上的時候，顏靚直接跟我說了他的心裡話。

此時，我們還沒到被人譽為小鳥天堂的東莞。

「我有一個合作方案，現在就想跟你說。」顏靚表現得十分熱情，也十分真誠，從他的臉上我能夠看出這些來。

車子外面的雨水淅淅瀝瀝，我無心去觀看雨水中的萬山叢林，倒是被顏靚的這句話給提起了興趣。

我饒有興致道：「行，你跟我說說到底是什麼合作方案。」

這一次，顏靚實在是幫了我很多忙。於情於理，他說的事情，如果我能辦得到的話，我應該都會出手。

畢竟看待一個人，是要從他身邊所做過的事情來看待的。這一次來龍水，他幫我護送爺爺，且是那麼用心，我心中的感動自然不必言說。

聽我這麼一說，顏靚眼睛一亮。估摸著他心中應該是高興萬分，因為我現在的態度跟之前簡直是判若兩人。

「是這樣的，我的姐姐炒股票賺了很多錢，我想咱們可以合作炒股票。咱們共同謀劃股市，在這裡攫取我們的金錢，我覺得非常不錯。」顏靚還只是談了一下專案的大概，就已經表現得熱血沸騰、躍躍欲試了。

對於顏靚的話，其實從我現在的眼光去看，那年的行情的確不錯。那一年是 2007 年，股票指數直奔 6000 點，連炒菜的師傅都樂觀地認為股票炒到 12000 點火候才剛剛好。那一年的股民不用吃四川麻辣火鍋似乎也能熱血沸騰，那一年的股民比樂視的賈躍亭（假，躍上去，就不應該停）還要樂觀。

當然，當時的我，對這並不感興趣。

聽者顏靚的話，尤其是看到他眼神裡浮現的興奮目光，我心裡莫名地感覺煩躁，還有一絲迷茫。

按道理說，炒股票這種東西，其實並不是需要太多的技術含量。只要會分析股票指數，會用 K 線圖，能夠知道賣出買入如何操作等等一些事情就行了，當然最重要的是要加上自己的嗅覺判斷。

原以為，他應該會跟我合作一些電商的專案呢，所以我心裡有點小失落。

再說了，對於股票這個東西，我是從根本上把它打入博彩業這個行列的。之前我也說過，我是 24 歲前就賭博輸掉了近兩百萬的人。因此，我內心對賭博是極度排斥的。尤其是，我現在覺得顏靚這個人還不錯，也真心把他當朋友，我自然是不想讓朋友也走我的道路，所以我果斷拒絕了他。

「修炳，在你老家的時候，你不是答應與我合作了嗎？」顏靚的眼神出現了一絲不解，甚至有些失望，他很不甘心地看著我說道。

「顏靚，炒股票的事情你自己去炒吧，如果你真的想與我合作賺錢，你聽我的，我讓你以後可以去拉風地控股。」

「你是不是對這個炒股票，有點反感？」顏靚試探性地問。

我聳聳肩，輕輕摸了一下自己的眼睛，點點頭，「咱們不要玩這個。就像我方才所說的，如果可以，有機會，咱們玩玩電商這塊。未來有資金了還能玩控股之類的大生意，這點我是支持的。」我朝顏靚直接說道。

「修炳，控股的意思是不是控制別人的屁股呢？是不是我叫他向東就向東？往西就往西？這可比炒股票更刺激！」顏靚的理解能力真的不同凡響。

「可以這樣認為，控股能左右一個企業的方向，當然也可以控制人，反正合作的事情你等我去安排吧！」我扔了一句話出去後，對他接著說道：「不過，這幾天我要處理一下我的事情，帶你嫂子出去度個假、散個心。」

這個時候，其實我跟前妻的感情生活已經出現了裂縫。我想做一些挽回措施，來彌補一下我對她的愧疚。畢竟夫妻之間出現矛盾，女人的心還是會很受傷的，如同刀割一樣，會很痛苦。

顏靚說沒問題，感情的事情最為重要。

幾天時間後，我很快便帶著前妻旅遊歸來。顏靚得知消息後，是十分興奮地給我們接風洗塵。

我們下車之前，顏靚已經在車站外佇立許久了。見到我們後，他也一直熱情地揮手招呼我們。

我抬眼看了一下，他正從自己車子那邊朝我們走過來，很熱情地接過我手裡的提包。

我也沒有拒絕，只是笑呵呵地跟他說著話。

「我帶你們去金豪夜總會，算是接風洗塵，可不要拒絕。」

金豪夜總會，對廣州熟悉的朋友們肯定知道這個地方，是在東風西路的附近。

聽顏靚這麼一說，我也就沒有說什麼客氣之類的矯情話，我點點頭，就跟了過去。

顏靚對我還真不錯，直接就請我們來到了總統套房包間。

「顏靚，你還真奢侈，弄總統套房，不過也真厲害。」

「有道是：千金難買我歡喜，千金難買爺樂意。再說了，你修炳來這裡，我若不把你招待好了，你豈不是要在心裡罵我？」

「去你丫的，沒個正形……」我哭笑不得。

套房打造得非常豪華，裡面站滿了一排身姿妖嬈、穿著性感的貌美女郎。這邊的靚女來自五湖四海，四川的美女、北京的高學歷美女、還有一些從貴州山區出來的青澀女孩。

不過，對於這些美女，我的前妻倒是有點不怎麼適應。畢竟她是一個女人，而我也是一個有老婆的男人。

但是，男人對美女的抵抗力是不強的，所以我對這些美女也難免多看了幾眼。

前妻於是狠狠瞪了我一眼，被她這麼一瞪之後，我是連忙尷尬一笑，不敢再去看這些美麗的女人。

顏靚玩得很嗨，對這樣的生活，貌似很熟悉，倒是放得很開。

我呢，也沒有什麼不適應之處，畢竟顏靚請客，反正不用我買單。

只是妻子並不是很喜歡這裡，故此，在顏靚跟我唱了一曲《緣分》之後，她悄悄離開了。

「就算前世沒有過約定，今生我們都曾癡癡等，茫茫人海走到一起算不算緣分，何不把往事看淡在風塵……」

歌曲的聲音回蕩，前妻的離開讓氛圍顯得多多少少有點尷尬。不過心裡說實話，我覺得松了一口氣。如果前妻在這邊，我還真的是放不開。

夜總會的媽咪熱情起來，就像熱鍋上的螞蟻一樣。前妻前腳剛邁出了房間，媽咪後腳就馬上圍著我團團打轉，問我要挑哪一個美女陪我喝酒。

我看著美女們，感覺眼花繚亂，怎麼看還是沒看中一個。這時候我才發現，我的前妻漂亮得可以說找不到對手。

在美女如雲面前，我問媽咪：「還有更漂亮的嗎？」

於是媽咪偷偷地帶著我往門外走，只見一間間房間裡面全都是男的清一色在齋唱，我的心裡在嘀咕：難道這裡是同志夜總會？

在我疑惑的時候，媽咪盯著顏靚看了一眼，隨後直接捂著嘴唇笑著道：「靚哥可是我們這裡的常客了，不過他每次來這裡，都是讓我們稍顯尷尬，讓媽咪膽戰心驚。」

「哦，這是為什麼？」我稍顯不解。

「因為他來這裡，每次都把我們這些女孩都叫過來，搞得其他的客人都沒什麼資源。這樣的話，萬一惹來什麼人不爽，鬧起事情來，可不怎麼好辦，所以才會膽戰心驚。不過，小姐們倒是很喜歡靚哥。」

「這又是為什麼？」我再次詢問。

「因為啊，大家出來玩，就是要開心的，不在乎錢的人總歸是會受人喜歡的。再說了，靚哥是那種很豪爽的男人。但凡是有小姐跳舞，甚至是跟他一起唱歌，翻跟鬥之類的，他都會給小費，隨時出手可都是兩三百塊。」媽咪說著說著，笑容就變得十分燦爛起來。

　　我是笑而不語，「小姐們」出來混社會，其實目的很簡單，只要給錢，那就是爺。如果又帥氣又多金，她們不喜歡才怪。

　　很快，我們從夜總會走了出來，畢竟也不能玩一夜。

　　此時已經是酒過三巡，出來後已經是淩晨三點。那時候還沒有開始嚴查酒駕，當我準備醉醺醺地開著車回家的時候，顏靚把我給攔了下來。

　　「修炳，我以前一個老大哥就是因為喝醉酒開車掛了，他那肥厚的身軀斷成了兩大截。你喝了那麼多酒，我不允許你開車回去，我請兄弟們一起去桑拿。」顏靚雖然喝的酒比我多，但他還是時刻比我清醒。

來到桑拿房之後，當我們脫掉衣服，光溜溜地走到浴場的時候，我發現所有兄弟們在顏靚面前都忸怩不安、遮遮掩掩的。當顏靚雄赳赳氣昂昂、一絲不掛地展現在我們面前時，我才領略到唐朝詩人杜甫寫的「一覽眾山小」的真正含義。

「修炳，敢不敢跳入冰池？」顏靚在我脫光之後來到浴池前，忽然豪爽地當著眾人瞅了我一眼道。

他話音剛落，便是「嗖」一聲傳出，顏靚直接翻了一個筋斗騰空跳入冰池。

這簡直就是先發制人！

項羽再世的顏靚，果然不簡單。

旁邊的十幾個兄弟和我打起了眼色，示意我不要跳。其中一個兄弟，他的樣子不像劉德華，但是還能長得一臉狡猾。他說他叫「坤」，我幫他起了一個英文名字叫 Ken。

Ken 說：「修炳，你別跳！剛喝了那麼多酒，這樣跳下去你心臟會頂不住的。顏靚和我們不同，他不是人是神，他出生的時候就很神奇。他媽媽生他的時候，自己一個人在家，在沒有人照顧的情況下，自己親手剪掉了肚臍帶，所以他的生命力是很頑強的……」

Ken 苦口婆心地勸說著我，而我卻不屑一顧，徑直往冰池裡跳了下去。

冷颼颼的冰水鑽心刺骨，整個人瞬間就像冰棍一樣被凍僵了，我感覺非常難受。這時候，仿佛每個細胞都在責怪我的衝動，肚臍下面的小弟弟惱羞成怒地差點要和我脫離兄弟關係。如果這個世界上真有後悔藥的話，我肯定會聽 Ken 的話。

可是，我還能往回跳嗎？答案肯定是不可能的。

說也奇怪，當我潛入冰池幾分鐘後，整個人竟感覺到莫名其妙的舒服，思維也變得特別的敏捷，仿佛瞬間

回到了冰川時代。怪不得顏靚那麼喜歡跳冰池，原來他喜歡玩穿越。

在冰池裡，我們握著手達成共識，一起好好合作。

項羽再世的顏靚，做起事情來乾淨利索，第二天他就找到了辦公室。

顏靚找到的辦公室，是在海珠客運站對面的愛都大廈十樓。那是兩套複式的房子，顏靚找人把兩套房子打通了。

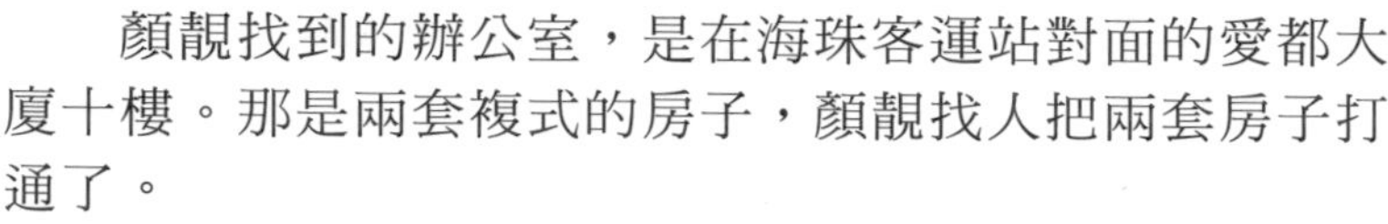

從來不信風水的顏靚，不知道為什麼，他對三伯竟很信任，他說想邀請三伯來幫我們的辦公室看風水。

為了實現顏靚的願望，我打了電話給三伯：「三伯，您說的那個項羽再世的顏靚，他一定要邀請您來幫我們看風水，您看需要多少費用？」

「修炳，能幫你們看風水是我的福氣，不用錢我也來！」三伯在電話裡頭顯得格外激動。

第二天，三伯就到了廣州。

我們迎接三伯的時候，買了兩條中華香煙送給喜歡抽煙的三伯，三伯高興得眉開眼笑。

三伯來到了辦公室後，他環顧了四周一番，然後對我打起了暗語：「修炳，這裡是風水寶地，風水很旺。然而風水位置只有一個，坐上這個位置的老闆妥妥的一年可以賺一個億以上，你可別告訴顏靚，等會兒我來安排。」

三伯從他的灰色褡褳裡掏出一個老紅色的羅盤，在三伯的雙手鼓動下，羅盤上面的指針在不斷顫抖，並且往復旋轉，最後指針指向夾層裡最偏僻的一個小角落。

「修炳，就是這個位置了，方圓幾十公里內就只有這一米黃金風水位。誰坐上去，一年內都會賺過億的人民幣。這位置你坐！」三伯指劃著，示意要我坐上這個他認為是上好風水的位置。

當時，我自己公司的業績銷售額已經月過百萬，我每天單是查帳都查到手軟。而顏靚和我合作前連一臺電腦都沒有，這次合作我純粹是想幫他，故此我就把這個位置讓給了顏靚。

「顏靚，你坐這個位置。」我伸手示意讓顏靚坐過去。

三伯聽到我的話後，使勁地向我打眼色。也令聽不懂羅定粵語的顏靚，丈二和尚摸不著頭腦。

顏靚感覺到我們神經兮兮的，以為我們挑了一個不好的位置給他坐。

「砰！」顏靚進去坐的時候，額頭撞上了夾層的橫梁，顏靚的頭上馬上起了一個疙瘩。

「鴻運當頭！顏靚你馬上就要發達了！」為了讓這尷尬的場面不那麼尷尬，故此我靈機一動說了這番話。

顏靚在裡面待了一會兒，然後一句不吭地走了出來。

「砰！砰！」顏靚走出來的時候，又碰了兩下夾層裡的橫梁。

我看見顏靚的額頭已經在流血，我掏出紙巾幫他擦乾淨了。

這時候，自稱是顏靚最要好的兄弟，Ken 來了。

顏靚為了招呼 Ken，走出了夾層，到夾層下面陪 Ken 喝酒聊天。

「修炳，我從來沒有見過像你這樣的人！我幫很多人看過風水，有的一家人為了搶一個風水位搶得頭破血流，有的一族人為了搶一個風水位反目成仇，而你卻把一個最好的風水位拱手相讓給別人，你究竟是什麼人呢？」三伯端詳著我，很認真地對我道。

而我，並沒有立即回答三伯的話。

為了讓顏靚不再碰頭，我想到了一出好招，我在橫梁上寫了兩行字：抬頭望明月，低頭思姑娘。

我想顏靚能看得明白這兩行字的含義，意思就是：抬頭望閣樓天花板上的月亮有沒有睡著嫦娥，低頭看夾層下面的姑娘有沒有戴文胸工作，這樣顏靚就不用再碰頭了。

「修炳，莫非你是？」三伯望著我，好像突然發現了新大陸一樣，緊握著我的手比太平洋還要暖洋洋。

「修炳，把你的八字再告訴我一下，我要起個卦。」三伯突然間變得很激動。

我把我的八字寫到紙上，三伯看了之後，掐指算了一下。

約莫三分鐘後，三伯在夾層裡彎下腰，左右腳踩踏七星步法，嘴角呢喃一些我聽不太懂的話，隨後往辦公臺上扔出一個龜甲，只見龜甲旁邊的老紅色羅盤裡的指針往復旋轉著，最後指針指向了我。

「修炳，我們祖輩都要找的人終於找到了！想不到這個人是你！你就是歷朝歷代預言將要出現的千古聖人，你就是紫薇聖人！」不知道為啥，算了這一卦後，三伯竟激動得語無倫次。

至於紫薇聖人這個名字，我在米仙那裡倒是曾聽說過，在百度裡我也查詢過。這個人確實是萬眾期待將要出現的人，這個人目前還是屬於虛擬狀態，這個人聽說非常神聖。在網上自稱是紫薇聖人的人成千上萬，我知道肯定不是我。

「三伯，你冷靜一下，我不是你所說的那個人。我身上的缺點比天上的繁星還要多，我這個人做凡人都不夠格，更何況做什麼聖人。」我潑了一盆冷水讓三伯冷靜一下。

「不，你就是！把你的左手給我看一看！莫非你左手掌心真的握著一個田字紋？」三伯不知道為什麼會變得越來越亢奮，話剛說完，就逮住我的左手仔細地端詳起來。

「對，就是這個田字，這個田字很清晰，紋路剛剛好長在手掌中心。一個人的掌紋是不可複製的，因為這個世界上沒有兩個完全相同的手掌紋路。想不到祖宗留下來的預言還是真的靠譜，這世界太神奇了。」三伯如獲至寶地摸著我的手看了又看。

「修炳，按你這個掌相推算下去，你未來生出的龍鳳胎，女的左手掌相和你的左手掌相幾乎一模一樣，男的右手掌相和你的右手掌相幾乎一模一樣。這件事情，你往後再驗證一下吧！」三伯興奮不已後，話語也多了起來。

「修炳，你知道我們找你找得有多苦嗎？我爺爺在我還是小孩子的時候，就一直說我有緣分能找到這個人，我爸爸更肯定了我能找到這個人。這個人西方人稱他為基督重生，東方人稱他為紫薇聖人。更神奇的是，全世界幾乎所有的預言都指明，這位聖人出生於中國。五百年間出聖君，周流天下賢良輔，氣運南方出將臣……」三伯一邊嘮叨著一邊掏出了一本發黃的書在念著。

「修炳，你知道我為什麼加入地質勘探隊來連山勘查嗎？你知道我為什麼心甘情願地幫助你的岳父嗎？我的父親（易經高手）很久以前就已經預測這個人的出生地點在連山，我預測到這個人是你岳父的女婿，我一直以為這個人是你的姐夫。你這個姐夫年輕有為，為人善良，年紀輕輕就開了一家大型礦山。他是警官畢業而且還是楊家將的後代，故此我一直以為他就是這個人，只是我發現他的左手掌心沒有田字紋，所以這也是我心裡面的一段遺憾。」三伯把發黃的書給蓋了起來，但蓋不住他滿臉洋溢著自豪的神情。

「我幫人看風水看了幾十年，我現在告訴我的一點心得給你聽，好嗎？你知道嗎？每一個人的運程在出生的那一刻就已經註定，這就是八字。八字即一個人出生時的干支曆日期。每一個人的運程總和是一樣的，我們看風水和算命的，最大的能耐就是把別人的好運往前拉一拉，如果這個人的運程好了起來不發心多做善事，後面的窟窿會變得更大，往往後果不堪設想。比如某些高官一帆風順的時候，不為民造福，落馬的時候會變得慘不忍睹。因此，做善事才是一門最好的風水。」三伯話還沒有停下，又繼續點上了一根香煙。

「修炳，這一卦象很清晰地顯示，你的命是改不了的，所以以後關於你個人的風水我是不會再幫你看了，即使你找到世界上最好的風水大師也幫不了你。紫薇聖人，這個人是下凡來渡劫的。天將降大任於斯人也，必先苦其心志，勞其筋骨，餓其體膚，空乏其身。這個人，將面臨九死一生的險境，未來的日子……」三伯的話如滔滔江水連綿不絕，把我的耳朵灌得差點要決堤了。

三伯和我說了這麼多關於紫薇聖人的傳說，這個人究竟真的存在嗎？我的腦海裡閃爍著一萬個問號，有一位好姐姐的我，對這種神祕的事情表示百思不得其解。

我一邊聽著三伯不能戛然而止的話，一邊繼續百度搜索著紫薇聖人的資訊。

關於紫薇聖人的資訊多如牛毛，而真正讓我感動的，是一位網友寫給紫薇聖人的一首詩，這首詩寫得很真誠，讓我對這位紫薇聖人有了更深層次的瞭解。

致我還沒有見過面的紫微聖人
他們說
你是天上的一顆星
是一顆帝王星
神聖而又尊貴的帝王
你本應該享受屬於你的帝王生活
萬人敬仰，眾神參拜
所有人都爲你臣服
你掌控宇宙的一切
你的高貴不容侵犯
你的神聖不可玷污
你是所有人心中的一片淨土和心靈的歸宿
可是有一天
世間末日、宇宙大劫
甚至所有的佛、神仙都難逃此劫
你心懷慈悲，不忍看著他們受苦

所以你決定下界拯救蒼生
你是帝王
豈能隨便下界參與人間的事宜
只有轉世成人
才能救百姓於水火
他們說你出生寒門草堂
生長在田野鄉間
要嘗遍世間所有的苦
歷經無數的磨難
才能成長爲一個眞正的救世主
你現在只是一個凡夫俗子
是不是像我們每個生活在社會最底層的人一樣
爲了能在這個城市生存下去
每天都在勞苦地奔波
是不是也是早起趕公車趕地鐵
工作中偶爾的失誤也會被老闆罵
或是生活中受人白眼遭人冷落
因爲他們說你的封印遮蓋了你的一切
讓你不再有任何的帝王相
不再那麼聰慧過人
甚至有點笨
笨笨的只有一個凡人軀殼和思想的你
現在在幹什麼呢
偶爾走在路上會不會抱怨這個世界的不公平
會不會偶爾也爆粗口
會不會很討厭這個社會
如果有一天你知道自己是帝王下凡
知道了自己的使命
但是你的封印沒有開啓

你只是一個普通人
你還會抱怨嗎
這些年來
吃的這些苦
受的這些委屈
是不是會讓你變得有些許脆弱
但也會讓你變得無比堅強
因爲他們說這叫
天將降大任於斯人也
有一天
封印開啓
元神歸位
也許一切你都會明白
現在的路
是你當初的選擇
你不會後悔
因爲你心存大愛
因爲你惦念天下蒼生
因爲你明白自己的使命
爲了他們你什麼都願意
可是現在
你還是一介俗子
苦其心志
勞其筋骨
這些路
你一直在走
可憐的紫聖
堂堂帝王
爲了我們這等凡人

卻淪落至此
怎不叫人心疼
想告訴你
這些年，你受委屈了
你的痛，我看在眼裡
……

這首不知道是誰寫的詩，字裡行間滿滿都是愛。詩的作者對紫薇聖人的敬仰，讓我心癢癢的，難道我真的是眾望所歸的紫薇聖人？可是冷靜下來後，我很清楚自己不是這個人，有自知之明的我沒有文化也不偉大，而且這樣的一個悲摧人物誰願意去當？

「三伯，我不是紫薇聖人！我無德無能無才，只是有一點無聊和無奈，我的文化水準不高，頂多也只是高中文化水準。如果我這個屌絲也是聖人那麼清華北大的又是什麼人？」我只好用最基礎的理論知識反駁三伯。

「秀士登紫殿，紅帽無一人。秀士相當於現在的高中水準，卻由於天生具備的智慧，學識能夠一通萬通，歷經磨難後構建系統的思想體系用於救世，最終這個人能直接步入紫殿，引領潮流。而往往學識很高的人，不可能和人民群眾生活在水深火熱中，這樣的人不知道人間疾苦，怎可能出來救世？因此學歷很高的人不可能是紫薇聖人！」三伯不知道為啥，就是喜歡和我較勁。

「三伯，您也知道我的出生背景，我媽是一位普通的教師，我爸只是一位搬運工，這樣一個平凡的家庭怎麼會出現一個千古聖人？三伯，您想多了！」我心平氣和地對著三伯道。

「修炳，未來教主臨下凡，不落宰府共官員，不在皇宮為太子，不在僧門與道院，降在寒門草堂內。聖人的母親是一位世所罕見的慈母，她將讓聖人學會慈悲、正直、勇敢和寬容，並培養聖人形成偉大而堅定的信念。聖人的父親，外表憨厚，內心善良，但是有一點好色……」三伯似乎和我在針鋒相對地互扯著。

「三伯，您無憑無證的，憑什麼說我就是那位要熬很多苦的紫薇聖人？現在是科學的年代，人也是最講科學的，您那些土過土耳其的預言就別再算了。如今伊拉克的薩達姆都霧一樣消失了，不如我們務實一點，來一瓶阿薩姆奶茶醒醒神吧！」我開了一瓶奶茶遞給不喜歡喝酒的三伯。

「三伯，今天您來廣州是幫我們看風水的，別再說什麼紫薇聖人了，更不能說我是什麼紫薇聖人，如果我這幫兄弟聽到了會笑我的。求求您了，三伯！」我把三伯老紅色的羅盤拿到手中，示意他一定要聽我的話我才將羅盤歸還給他。

「修炳，我聽你的，關於紫薇聖人的一切，我在你岳父面前也沒有提過。在世俗的眼光中，有誰會相信這個人的存在？我不說你是紫薇聖人就行了，但你也不能阻止我說紫薇聖人的故事。」三伯對於能翻轉的羅盤一點都不緊張，反而他怕我會翻臉，因此只好偷偷地把那本發黃的、封面寫著《燒餅歌》的書收了起來。

三伯這麼癡迷的紫薇聖人究竟是誰？紫薇聖人千古謎誰能解？顏靚真的能成為億萬富豪嗎？三伯還預言我會遇見很多不可思議的人和事？

第九章：三伯夾層內透天機，一米黃金風水位衍生億萬富豪！

三伯端著我遞給他的奶茶，微微呷了幾口，想不到他喝奶茶能喝出咖啡的效果，他也再次激情澎湃起來。

「修炳，你的學問不高，三伯今天用簡單的言論來讓你長點見識。

你知道這個世界上有輪迴的存在嗎？你如果懂一點點歷史就能明白，我們的社會在不斷的輪迴中進步，在歷史的巨輪中我們的未來會走得更美好。

縱觀中國歷史，似乎隱藏著一個天大的祕密。從周朝的《乾坤萬年歌》、漢朝的《馬前課》、唐朝的《推背圖》、宋朝的《梅花詩》、再到明朝的《燒餅歌》，每一個有漢人統治的長治久安的朝代，都會給我們留下一個準確而系統的預言。更為神祕的是，從周朝的姜子牙，漢朝的張良，唐朝的徐懋功、李靖，宋朝的苗光義，再到明朝的劉伯溫，每一個真命天子身邊的謀臣都會是一位易經高手。

《易經》是闡述關於變化的書，長期被用作『卜筮』。『卜筮』就是對未來事態的發展進行預測，而《易經》便是總結這些預測的規律理論的書，我小的時候爺爺就經常讓我看這本書，因此我深諳其中的奧妙。

我曾經算過一卦，發現項羽、曹操、蔣介石、顏靚同是一個靈魂轉世；劉邦、劉備、毛澤東、紫薇聖人亦是同一個靈魂轉世。你發現了沒有，劉邦、劉備、毛澤東都是以弱勝強取得天下；項羽、曹操、蔣介石的結局都是一代比一代好。今生的顏靚還能與虞姬修得正果，執子之手、白頭到老。顏靚如果能與紫薇聖人強強聯合，我們這個時代將能創造出世界大同的人間天堂。」

三伯一說到世界大同的時候，臉上就散發著流光溢彩的笑容，似乎他已經完全沉浸在喜悅之中。

「什麼？世界大同？難道世界上所有的人都成為同志？這可是同性戀者的福音，但對於喜歡美女的我來說，並不開心。難道孫中山先生說的『革命尚未成功，同志仍需努力』所追求的天下大同，就是這種境界？」當我第一次聽到世界大同的字眼時有點不解，故此疑惑地望著三伯。

「修炳，你的學識太低了，悟性也不高。

世界大同，是幾千年來人類所追求的完美終極夢想，簡單地來說，世界大同就等於是人間天堂的意思。」

三伯似乎還是沉醉在無盡的喜悅之中。

「修炳，說實話，劉邦和項羽之間我還是比較欣賞項羽。

劉邦好色，項羽卻弱水三千只取一瓢；劉邦貪財，項羽卻一把火燒了阿房宮；劉邦無才，項羽卻破釜沉舟以一抵十；劉邦很多事都靠老婆，項羽卻相信人定勝天；劉邦胸無大志，項羽卻不甘命運；劉邦苟且偷生，項羽卻自刎烏江；劉邦無謀，項羽有勇，項羽永遠都勝於劉邦。

但為啥最後還是劉邦贏得天下呢？這是民意，也是天意。

劉邦年過四十還是一事無成，遊手好閒，卻花了七年的時間，完成了從鄉長到國家領導的質的飛躍。這位漢朝的霸主最厲害的一招，就是懂得籠絡人心，得民心者得天下。

項羽為什麼會敗給劉邦？其實項羽和我都非常清楚，他敗給的並不是劉邦而是天意。

項羽死前歎道：「天亡我也，非戰之罪也。」他的說法是有道理的，因為戰爭的勝負，很大程度上是取決於人心的向背，項羽在反秦戰爭中能夠戰勝秦軍就是一個很好的例子。然而在楚漢之爭中失敗，是因為他在很大程度上失去了人心，又沒有根據地；劉邦則剛好相反，不但佔有富饒的關中地區作為根據地，而且還與人民約法三章，很得人心，又會任用張良，蕭何等有才能的賢人。所以，項羽不是輸給了劉邦，而是輸給了民心。

曹操和蔣介石的落敗，亦是如此。

我發現劉邦和毛澤東特別地相像，這兩位改變了中華面貌，對歷史進程產生了深遠影響的巨人，都是民族的驕子。

在中國的歷史上，最偉大的兩個普通人都是一介布衣。他們的傳奇經歷，他們的情感世界，他們在重大歷史事件、歷史漩渦中的戰略戰術都有極其驚人的相似。

大都世亂已久，只在龍蛇盤尋，劉邦和毛澤東的生肖都屬蛇，因此紫薇聖人生肖應該屬蛇，而你也屬蛇，吻合度極高。

所以，三伯說了這麼多，你就認了吧！雖然當紫薇聖人會熬很多苦，熬過去了就能苦盡甘來的。」

三伯語重心長地和我說個不停，似乎我不肯承認是紫薇聖人，他就不肯甘休。

「三伯，或許習近平才是紫薇聖人，他也屬蛇，說不定他的左手掌心也有田字紋呢？反正我不是紫薇聖人，三伯您就不要把一個神聖的聖人往小人物裡強加了，這樣我受不了，會腎虧的。」我知道，沒有一點優點的我和聖人的距離相差十萬八千里，不喜歡吃素的我何必濫竽充數呢？

我們聊天的時候是在 2007 年，三伯在這一年就說習近平一定能成為主席，因此我想附和一下他。

「習近平，固然是我敬佩的人，至於他是不是紫薇聖人我無法論證。但是我能知道的是，現在人民生活水準比以前封建的時代好了很多，畢竟我能知道過去、現在和未來。

為什麼毛澤東引領的共產黨，能打敗蔣介石帶領的國民黨？按理論上來說，小米加步槍的共產黨，是不可能把帶有美國先進裝備的國民黨打敗的。為何共產黨能獲勝？因為國民黨獲勝的話，只能讓一部分人受益；而共產黨獲勝了，能讓普羅大眾受益，因此這也是天意。

古往今來，你三伯我最崇拜和尊重的是地藏菩薩和耶穌。

地藏菩薩在過去世中，曾經幾度救出自己在地獄受苦的母親。在地獄中的經歷，讓地藏菩薩不斷發願要救度一切罪苦眾生，尤其是地獄眾生。所以這位菩薩同時以『大孝』和『大願』的德業被佛教廣為弘傳。

地藏菩薩在無量無邊劫以來修行，早已達到佛的智慧海，功德已圓滿具足，早就應該成就佛的果位了。但地藏菩薩發願要度盡一切眾生，所以隱其真實功德，以本願力和自在神通，到處現身說法救度眾生。故《楞伽經》說：『有大悲菩薩，永不成佛。』並非因為他資歷不夠或者懈怠修行，而是他要以大悲願力，度化眾生。所以他功德雖然與佛齊等，卻不現佛身，始終以菩薩身，度脫罪苦眾生。『地獄未空，誓不成佛，眾生度盡，方證菩提。』

地藏菩薩的無我精神，深深地感染了我。

而耶穌，雖然他是西方人，但三伯仍是對他敬佩有加。

耶穌出生於以色列的伯利恒，三十歲左右開始傳道，三十三歲時在總督本丟彼拉多執政時蒙難，為了救贖全人類的罪被釘死在十字架上。

耶穌的舍我精神，讓我震撼不已。

修炳，你不承認自己是紫薇聖人沒有關係，但紫薇聖人是真實存在的，紫薇聖人也是地藏菩薩和耶穌的轉世。

紫薇聖人的佈道綱領將為天下百分之九十五人信服，甚至連壞人（不是十惡不赦頑固惡棍）也不反對。在他帶領下，在他理論方法的指導下，人類社會將進入一片嶄新天地。數千年人類社會殘酷不斷的戰爭、大量的人事矛盾和壞現象、人與人之間十分不和諧的關係等，都將會徹底改善。正如美國一位女預言家，珍妮·

狄克遜在這方面的預言那樣，他將徹底改革這個世界，他將在互愛的信條下，把整個人類團聚在一起。

紫微聖人是耶穌第二次降臨世間的化身，這次降臨人間是第一次救贖人類的延續。雖說第一次沒徹底完成拯救人類的使命，但那是上帝的安排，是上帝的計劃。這是真正拯救人類必然的一個程式。他這次來要『審判』世人，要把人類帶入『天國』。這所謂『審判』並不是像一些信徒那樣認為，說什麼作惡的要在硫磺火中焚燒，打下地獄之類。甚至還有人說，所有死去的人都要復甦接受審判。這些理論實在無意義，也可笑。紫薇聖人對世人『審判』是：指出世人傳統思想行為的種種錯誤。『天國』就是高級文明社會。他要以新人類思想為指導原則，去規範人方方面面具體的行為準則，並以有效、科學、文明的措施使它有效地落實在行動上。他要在全人類積極地傳播種植新人類思想，使它充盈在每個人心中。

可憐的耶穌，為了拯救人類要兩次受苦：第一次在十字架上慘死，第二次以他的化身熬受長期的心靈之苦。當然必須要這樣，這是上帝的安排。

紫薇聖人是來救世的，救什麼？主要救的是人心，絕不是為了科技再發展和物質更充裕，也不是製造出對人類社會進步無用的、或有害的產品，而使人類社會變得『豐富多彩』。因為人類社會，人為的萬事萬物好壞，根本在於人心。全體世人的人心走向了偏路，儘管其他方面再優質也是枉然；而全體世人如果人心得到淨化提升，自然會推動人類世界各方面的快速進步。

耶穌是在十字架上被釘死的，他的轉世應該在右手掌心裡有一個明顯的十字紋，我看看你的右手。」

三伯看完我的左手又要看我的右手，真的讓我左右為難。

「臥槽！這掌心的十字紋太大、太明顯了！」三伯當時驚訝的語氣，我只能用「臥槽」兩個字來潤色。

「叮噹，叮噹，叮噹……」

樓下響起了門鈴聲。

「兵哥，你來得也太遲了，看不到遲來的春天，只能看晚秋了！還好，那個互聯網大咖還在樓上，我們一起上去吧！」樓下顏靚的聲音不用充電依然那麼宏亮。

「三伯，今天您來廣州是幫我們看風水的，別再說什麼紫薇聖人了，更不能說我是什麼紫薇聖人，我這幫兄弟會笑我的。求求您了，三伯！」我把三伯老紅色的羅盤拿到手中，示意他一定要聽我的話我才將羅盤歸還給他。

「修炳，我聽你的，關於紫薇聖人的一切我在你岳父面前也沒有提過，在世俗的眼光中有誰會相信這個人的存在？我不說你是紫薇聖人就行了，但你也不能阻止我說紫薇聖人的故事。別人個個想當紫薇聖人，而你卻與眾不同，真的是奇葩！」三伯對於能翻轉的羅盤一點都不緊張，反而他怕我會翻臉，因此偷偷地把那本發黃的、封面寫著《燒餅歌》的書收了起來。

「修炳，這位老哥叫龍兵，我們都喊他兵哥。兵哥為人很好，他是做包裝生意的，以後我們的產品包裝都給他做，我們要關照下他。」顏靚帶領 Ken 上來的時候，後面還跟著一位溫文爾雅的美男子。

「兵哥，這位兄弟就是遠近聞名的互聯網奇葩。他叫修炳，他 77 年的，比我大兩歲，可是這個人比康有為還要年輕有為。」顏靚吹起牛皮來，簡直能把蝸牛吹成犀牛那麼大。

「修炳，久仰大名！我以為你這位大咖長得比大伯還要潦草，想不到你的樣子比白紙還要乾淨。你和顏靚長得一點都不著急，顏靚和你走在一起肯定會色彩繽紛，兵哥對你們真的是羨慕妒忌恨啊！」龍兵見到我突然眼前一亮，龍行虎步地走向前，給我來了一個很彆扭的擁抱。

「哦，兵哥，以後多多關照！」如果是美女的擁抱，我認為抱到天長地久也不嫌久，而對於男人的擁抱，我是有點抗拒的。因此，我很快就掙脫了龍兵的擁抱。

「修炳，聽顏靚說，你安排他坐在最偏僻的小角落裡，搞到他進進出出都要碰頭。萬一他那鷹鉤鼻撞扁了變成蒼蠅鼻，那可就不帥了。你們都是老闆，應該要公平一點，給個好的位置給他坐嘛。」Ken 打抱不平地為顏靚說起了公道話。

「Ken，這可是個風水位，坐上這個位置的人很快會變成億萬富翁，你不懂風水你不會明白的。」我寧願不說話，也不想說謊話欺騙 Ken。

「神經病！坐這種磕磕碰碰的死角落，也能成為億萬富翁？顏靚可是我最好的兄弟，別忽悠我們！你看你坐在外面的這個位置多舒服，你可不能這麼自私！」Ken 為了顏靚似乎要和我翻臉。

這時候，三伯扯了一下我的衣角，示意我不要說話。

「修炳，你別看 Ken 長得滿臉狡猾相，可這人一旦用起真心來比誰都真誠，這人會在你身陷囹圄時助你一臂之力的，往後你要和他好好相處。這個人八年內財運一般般，八年後財源滾滾來，這個人的能力並不比顏靚差，其實三伯蠻欣賞他的。」三伯在我耳邊又說起了悄悄話。

我看著那個戴著淺灰色近視眼墨鏡的 Ken，他義憤填膺的樣子簡直就像一頭貓頭鷹，他給我的感覺就是一個鳥樣。

「顏靚，你坐的位置確實是風水寶地，你看你坐下來的位置剛好面對著外面的車水馬龍，按風水學來說這個位置可是藏風聚氣的。」略懂一點風水知識的龍兵突然過來圓場。

「修炳，這個龍兵有點不簡單，他祖輩上有懂風水的大師，最懂你和顏靚的莫過於此人。龍兵對顏靚可是很好，他將鞍前馬後地跟隨著顏靚，而他對你也不賴。所以，龍兵會有福報的，他有子女福，而且很年輕就會當爺爺。」三伯好像間諜一樣，在我耳朵旁喋喋不休地說個不停。

「叮噹叮噹，叮噹叮噹，叮噹叮噹……」樓下又響起了一連串的門鈴聲。

我們還沒有走下去開門，就看見我的堂弟歪門掏出鑰匙，晃頭晃腦地走了進來。

「歪門，你有鑰匙還按什麼門鈴？別人畫蛇添足是為了讓人覺得好看，你這樣多此一舉亂按門鈴，難道是為了讓我們覺得好聽嗎？」我對著堂弟發起了火。

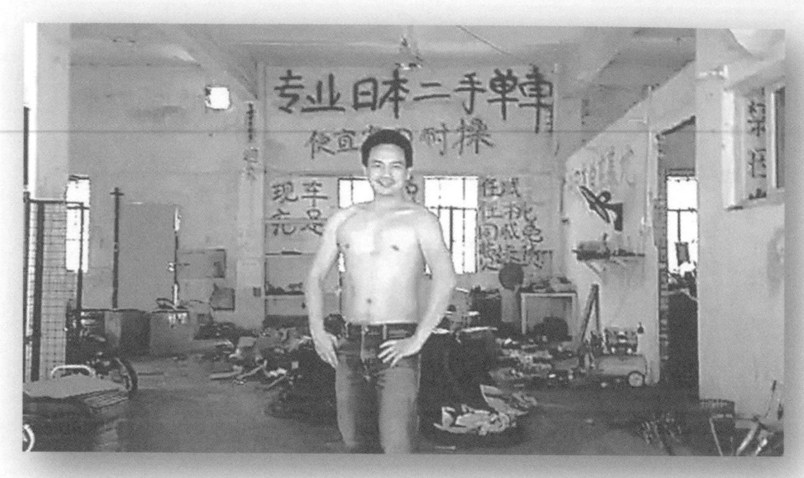

我的堂弟，外表憨厚，天真爛漫，不懂天高地厚的他，妒嫉我幫很多人起了動聽的英文名。因此我不得不幫他也起了一個英文名字，這個英文名字叫「Wyman」，另送多一個中文名字「歪門」給他，希望他即使走歪門邪道也能賺到錢。

我的這個堂弟樣子長得其實有點像也叫 Wyman 的香港著名填詞人黃偉文，反正他們都是天馬行空的人，思維和我們不一樣。

「顏靚，你就先坐到你的風水寶地裡吧，反止在夾層裡，坐哪里都是一樣的，說不定在這裡能夾縫求生呢！」龍兵做人確實睿智，不用六國會談，就能把硝煙彌漫的氣氛變得暖和起來。

顏靚提心吊膽地坐進了這一米黃金風水位，這一次他沒有碰頭了，我的心裡在想：是不是我剛才寫的那兩行字起了作用呢？

「顏靚，我註冊了一批功能變數名稱送給你，其中 Lv 開頭的這個功能變數名稱未來或許會值一個億呢！你要相信我，我只會幫助你，不會傷害你！」我打開電腦後，註冊了一批功能變數名稱，一股腦地送給顏靚。

「修炳，我連打字也不會，但是我會努力學習的。那我們先定一個小目標吧，賺一個億！」顏靚就是喜歡聽好話，這時候他的笑容笑得比蓮蓉還要甜。

「歪門，你幫顏靚裝個手寫版的軟體，再申請個 QQ 號碼給他，以後有什麼技術上的問題要全力以赴幫助他，把我們懂的互聯網經驗毫無保留地傳授給他。」我給歪門下了指令，歪門是我自己公司裡唯一支持我和顏靚合作的人，因此他對顏靚還是很友好的。

Ken 看見顏靚笑了，他自然也笑了，他的笑容笑得比荔枝甜；龍兵不認輸，他的笑容笑得比龍眼還要甜，而且還帶著龍蝦的那種香辣甜；三伯的笑，已經喜上眉梢；而歪門，看著我們笑，他也跟著傻笑。

這時候，三伯又和我說起了悄悄話：「修炳，幾年後你再回想一下，這個一米風水位誰坐上去都能賺大錢的。因為，風水位旁邊有一個願意助人的你，這裡匯聚了天時人和地利，想不成功都難。顏靚如果不是無私地送你爺爺回連山，你不可能會跟他合作，他未來不是富翁而是負翁。所以，一切都是天意，一切都已經是註定。」

如今回想一下，三伯所說的話不是沒有道理。如果顏靚在 2007 年的時候重倉炒股票？如果顏靚還是繼續投放紙媒廣告？他確實有可能會變成負翁。

記得與顏靚合作的時候，投放一千元的網路廣告能產生四萬九千元的業績，坐上這一米黃金風水位的顏靚，能不成為億萬富翁嗎？

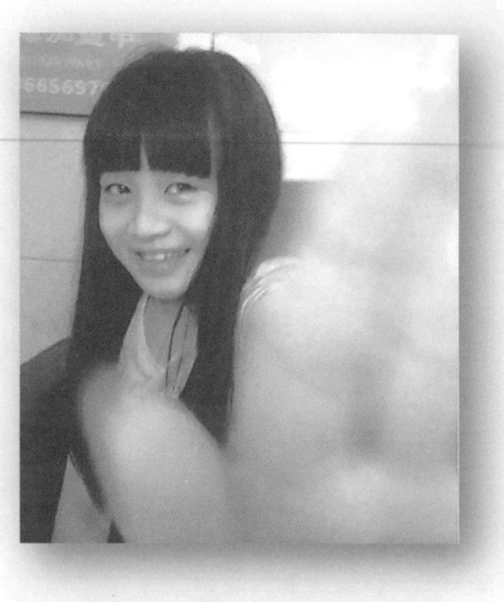

項羽再世的顏靚，成為了億萬富翁後，不忘記做慈善，相信他未來的福報會更大。

捐資修繕廣東省連州市昆陂小學；關注當地留守兒童的生存狀況，為湖南省辰溪縣教育事業捐款 106 萬；連續多年捐助湖北省多名貧困大學生完成學業；心系受災民眾安危，為青海玉樹、四川雅安地震災區捐款；支持湖北省監利縣地方建設，修建道路和橋粱；捐資重建貴州省從江縣上歹小學；關注山區兒童營養健康狀況；籌款資助「免費午餐」專案；為有需要的貧困山區兒童提供午餐補助等。

祝福顏靚！

第十章：霸王別姬的愛情，穿越至今，執子之手，白頭到老

與顏靚合作後的每一天，顏靚到達公司的時間都比我早。他見到我的時候，總是笑嘻嘻地帶著我到樓下猜一猜今天收到的匯款單有多少張？匯款單多的時候，顏靚就請我到公司樓下的「湖南味室」餐廳吃午飯。

那時候，顏靚自己的公司只在雜誌上面投放郵購廣告，因此他總是將幾百元一張的匯款單引以為豪。

當我們合作的電子商務公司，經常有幾千元上萬元的錢，直接匯入到帳戶的時候，顏靚興奮地豎起大拇指讚揚我夠給力。

顏靚的學習能力很強，投放廣告、商務通聊天、訂單查詢、數據分析等等技術上的活，他很快就能滾瓜爛熟地實操，他的敬業精神讓我肅然起敬。

顏靚對員工非常好，當他知道我們同事的住處比較遠的時候，他親自去租了環境很好的宿舍，免費給同事們住，因此同事們都很喜歡他。

那段時光，我和顏靚的心情比燒開的白開水還要開心。當時的開心指數絕對不低於一百度，不信大家可以百度一下。

我們每天品著紅酒，查帳查到手軟，這種創業生活，不累且快樂。

有一天，我們繼續在夾層裡喝著紅酒，顏靚突然憋紅了臉看著我：「修炳，有件事情，我不知道該不該跟你說？」

「啥事？有什麼心裡話，就要說出來！咱倆是兄弟，別憋著！」我舉起酒杯和顏靚滿滿地幹了一杯。

「是這樣子的，我們有一個顧客購買產品，卻把錢匯入你自己的公司帳戶裡面，不知道你公司的老總知不知道這回事？你看看這事情應該怎麼處理？」顏靚委屈地把心裡話掏了出來。

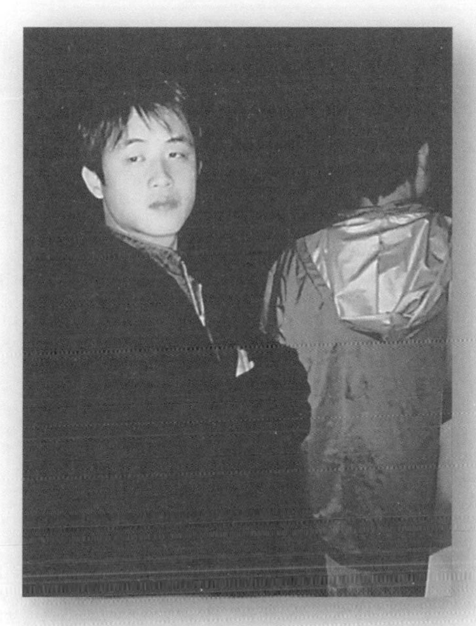

「怎麼會出現這樣的事情？我問一下我的老總，我會秉公處理的！」我回了顏靚一句話後，馬上撥打電話給我公司的老總。

「陶軍，我和顏靚合作的公司裡，有一個顧客匯款匯到了我們自己公司的帳戶裡面，你知道有這麼一回事嗎？」我按著免提和我公司的老總溝通。

我公司的老總，叫陶軍，他是我們連山人。他剛畢業就進入我的公司上班，從普通員工一步一步地坐上總經理這個位置。陶軍是大學生，他的創新及管理能力強，聰明伶俐，是一個人才。

「劉總，以前百度只有我們一家公司上廣告，如今你和顏靚合作的公司又上了廣告，客人點擊進入網站時難免會產生錯覺，既然顧客已經匯款到我們帳戶裡面，這個顧客肯定是屬於我們的，我們也要出業績！」負責任的陶軍理直氣壯地和我辯論著。

「陶軍，顧客的聊天記錄都在顏靚手上，顧客是在我和顏靚合作的公司諮詢訂購的。只是顧客匯款的時候，匯到了我們網站上的帳戶裡面，這張單怎麼說，也應該是屬於我和顏靚合作公司的訂單，你馬上安排歪門把款匯過來！」我斬釘截鐵地向陶軍下了軍令狀。

「劉總，你和顏靚的合作，我們全體員工都極力反對！我們公司剛好這個月上了百萬元的銷售業績，你現在每天幾乎都往顏靚那裡跑，對自己的公司不聞不問，還成為了我們的競爭對手，劉總你這人真的不可理喻，你真的食古不化！」陶軍為了公司利益和我吵了起來。

「陶軍，我是對事不對人，現在顧客也知道匯錯款了，這款項趕緊匯過來！」站在天平的兩端，我選擇了公平。

「修炳，這張訂單算了吧！這張訂單是屬於撞單，下不為例就好，免得你們難做！」顏靚知道我們不是故意的，因此做出了讓步。

「劉總，我已經安排歪門把錢匯到了顏靚的帳戶裡面，你查收一下！你今天的這個選擇，影響了我們全體員工的士氣，我們都是為你好的，總有一天你會後悔，你好好反省吧！」陶軍悶悶不樂地回了一個電話給我。

這個時候，顏靚輕輕地拍了一下我的肩膀表示贊可，然後倒滿紅酒和我幹了一杯。

沒有多久，陶軍給我遞了辭職信，然後很多一起創業的骨幹們也紛紛出去自立門戶。

陶軍辭職後複製我的商業模式，操作半年就賺了兩百多萬元。當時我買的是凱美瑞 2.4G 汽車，而陶軍揚言要買凱美瑞 2.4V 汽車超越我。

只是，眼光超前的陶軍步伐邁得太快，好好的電商，沒有堅持做下去，卻揣著兩百多萬元去深圳開拓兒童手機業務，同時還帶著介紹我和顏靚認識的朱兵大哥一起去了。

誰知道，努力了兩年多的時間，陶軍兩百多萬元全虧了下去，朱兵大哥的一千多萬元也不見了。如果他們的這個專案往後 6 年才開啟，那肯定能賺大錢。6 年後的兒童手機，火爆得不要不要的，我認為這就是時機的重要性。

朱兵大哥也是最早接觸電商的大人物，當時他很想和我合作，只是介紹顏靚給我認識後，因為顏靚送我爺爺回家時我被感動了，結果變成我和顏靚混在一起，世事有時候真的比飼料還要難以預料。

如果朱兵大哥當時不受陶軍干擾，堅持在電商發展下去，前途無量。是金子總會發光，朱兵大哥後來繼續進入電商界，也成為了人中龍鳳。

隨後，朱兵大哥總是喜歡和我開玩笑：「修炳，我介紹了顏靚給你認識，我又在你這裡結識了陶軍。今天開始，俺們互不相欠，哈哈！」這句話有經歷的人一定能聽得懂。

陶軍其實是一個蠻負責任的人，他離開公司的時候，把所有懂的事情都傳授給了一位剛入職的員工，並吩咐這位員工要鐵心地為我效勞。這位員工是廣州本地人，她叫 Yan，也是一位名校大學生。

Yan 除了有能力，還非常忠誠，後來她接替了陶軍的所有工作。在我順境逆境的時候，這位老總一直對我不離不棄，哪怕 Yan 現在成為霍英東孫子、霍啟文先生的身邊紅人，她也永遠支持著我，這讓我非常感動。

Yan 在我最落魄的時候，介紹了霍啟文先生給我認識，讓我榮幸地和霍啟文先生握了一次手，這一次握手也讓我重拾信心：保持呼吸就會有奇蹟！

霍啟文先生，是香港霍英東集團副總裁，香港山西商會副祕書長。霍啟文是霍英東之孫，香港霍英東集團行政總裁霍震寰之子。

陶軍和眾多骨幹離開後，對於我自己的公司來說，或多或少都會有影響，但在 Yan 的力挽狂瀾下，也慢慢恢復了一些元氣。

和顏靚合作兩個月後，公司的純利潤已經接近五十萬元。這時候，我偶爾隔一兩天才和顏靚碰面。每次見面的時候，顏靚總是在我們的紅酒櫃裡拿出一瓶頂級紅酒出來，一邊品嘗紅酒一邊談夢想：「我們的目標是：四十歲前賺夠一個億，然後買兩棟別墅一起住，然後一起周遊列國……」

我們的夢想不是在夢裡想的，而是在清醒的時候想的。因此，顏靚在四十歲前能夢想成真，賺了近百億元的人民幣，他的別墅不知道買了多少棟，在周遊列國後，聽說他還拿了美國護照。

而喜歡白日做夢的我，也能夢想成真。四十歲前，我也賺了兩個憶：一個回憶，一個失憶。在老家起了一棟大別墅；偷偷去了一趟越南；痛了風還破了產；妻離子散後，成了個體戶；在信用卡惡意透支後，成了黑戶。

算了一下，我和顏靚一共有兩次合作，就像國共合作一樣，每次合作最後都是分手告終，我們究竟是怎樣分手的呢？如果不是為了紀念三伯而去寫《燒餅歌》，這祕密將石沉大海。你就算有潛水器把祕密打撈出來，被鯊魚吞掉的祕密，也因為鯊魚便祕而成了一坨屎。

如今，若你想知道祕密不用潛水器，只需關注劉修炳這個人，那你就可以眯著眼睛、蹺起二郎腿繼續挖掘下去，這一切大家都應該感恩三伯。

「修炳，今天心血來潮我算了一卦。卦象顯示，你必須儘快離開顏靚，結束和顏靚的合作，這樣對你尤其是對顏靚特別好。俗話說一山不容二虎，你如果繼續留在顏靚身邊，會拖他後腿的。當然，如果你自私一點，當我沒有說過這番話，你可以繼續留下來漁翁得利，只是這對於顏靚來說影響很大。簡單地來說，如果你繼續留下來，顏靚想成為千萬富翁也不容易，你自己斟酌一下吧！」三伯突然來了一個電話，讓我不知所措。

「修炳，今天你的神情怎麼如此恍惚？是不是紅酒沒醒好呢？你好像心事重重的？」顏靚似乎感覺到我有點不對勁，和我碰杯道。

「顏靚，我有件事情要和你商量一下，你要有心理準備。」我呷了一口紅酒，心裡卻在琢磨著：「如果我一直在顏靚身邊，顏靚肯定是安於現狀，對他未來的發展一定會有影響。與顏靚合作後，我自己公司的月業績從一百多萬元跌落到二十多萬元，也讓人頭疼。如果我們不分開其實對大家都不好，三伯說的話確實有道理。」

「修炳，有什麼話直說。」顏靚從來不喜歡拐彎抹角。

「顏靚，我們合作的公司已經上了軌道，現在每個月的盈利點都在增長。因為與你合作，我自己的公司現在變得一塌糊塗，所以我要把精力投入到自己的公司裡。因此，我想終止我們的合作。」我故意以自己公司的利益來說服顏靚。

「修炳，你傻了吧！我們現在躺著睡覺也能賺大錢，你這是咋回事？是不是我哪里做得不對了？你說出來好嗎？」顏靚聽到我的話後，神經繃得緊緊的。

「顏靚，你對我很好，有好吃好喝的總是讓給我。你對我的好，連你最好的兄弟，Ken 也吃醋。我們暫時的分開，對你和我都有利，我這個選擇你未來會懂的！」我故作淡定地把話吐出嘴邊，肚子裡卻吞著一萬個捨不得。

「修炳，是不是前兩天我們出差的時候，你嫌我太摳門了？你要明白，我們三個男人沒必要分開住豪華酒店，所以我在招待所裡只開了一間雙人房。我和你擠在一張床上，而讓了一張床給 Ken 睡，這並不代表我對 Ken 偏心，Ken 睡覺會打呼嚕的。你不是因為這麼小的一件事情而去計較吧？」顏靚總是喜歡往自己身上找原因。

「顏靚，我去意已決，一切都是我自己的選擇，和你無關。」其實，我很想把三伯說的話轉告給顏靚聽，但是又擔心顏靚會誤解三伯的用心良苦，因此我把這個祕密就祕密處理掉。

「修炳，我當你是兄弟，所以心裡很不捨，你走了我該怎麼辦呢？」顏靚突然從酒櫃裡掏出了兩瓶五糧液出來。

「顏靚，我們合作兩個多月所賺的五十萬元，我一分錢不拿，這裡所有的設備和人員也不動，我只取回自己投資的二十萬元。就算我不在你的身邊，我也會在背後默默支持你。現在我們聘請的技術人員小羅，已經懂得網站的運營和廣告的投放，還有這十幾位電子商務精英也會全力以赴幫助你，你一定會成功的！」對於顏靚來說，我算是大方了。

「修炳，我們能成為老闆、企業家實在不容易。作為一家之主，必須要為屬下的員工負責，我們對於企業的經營必須全力以赴做到最好。作為老闆，我們的壓力很大，每天都要面對各種各樣的開支，所以我們經營生意必須以誠信為本，以效益為目的。我們的生意做好了，員工們的福利待遇才能好起來。我們做好自己一家，才能利益千千萬萬家，所以我們就算暫時分開，也要以事業為重，加油！」顏靚知道我去意已決，所以也不做太多挽留，唯有鼓勵鼓勵。

「嗯嗯，大家都要擼起袖子加油幹！」我走過去抱著顏靚輕輕地拍了一下他的肩膀。

「修炳，往後若這裡成功了，會有你的一半功勞。天下沒有不散的筵席，所以我備了兩瓶五糧液，喝倒一個算一個！」顏靚此時突然心情放開了，他把一瓶五糧液倒在一個大杯裡，然後一口氣吞掉。

「就算前世沒有過約定，今生我們都曾癡癡等，茫茫人海走到一起算不算緣分，何不把往事看淡在風塵……」

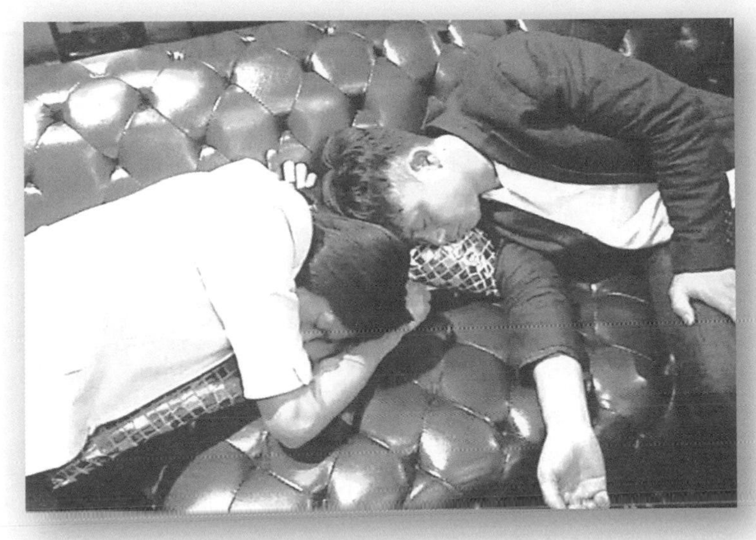

我們仨人喝了一瓶五糧液，一起唱著《緣分》，然後不吐不快，最後醉得不省人事。

和顏靚分手後，顏靚奮發圖強，芝麻開花節節高。一年時間內，幾乎愛都大廈的每一層樓都有他的辦公地點。

而我，回到自己的公司後，重振旗鼓，業績慢慢好起來，人員也倍增近百人。我在駿景西門的優可大廈裡，還租了一層五百平米的開放式寫字樓。

期間，顏靚經常帶 Ken 到我的辦公室裡打乒乓球。顏靚覺得我這裡的開放式寫字樓更易於管理，於是，他在海珠區的大幹圍租了一層一千多平米的工廠，把工廠改造成了寫字樓。

這時候的顏靚，已經擁有了人生中的第一輛賓士汽車。開著賓士豪華轎車的顏靚，對三伯更是敬重得很。因此，大幹圍寫字樓的風水，他也誠心邀請三伯來看。

三伯知道顏靚新開的公司我沒有股份才願意來，三伯一直迷信地說我就是紫薇聖人，說這個紫薇聖人必須要歷經世間上所有的苦，還說世界上任何風水大師對這個紫薇聖人都起不了作用。所以，只要有我在的地方的風水，三伯都不會幫看。也讓自認「倒楣剩人」的我，對三伯有些看法。

來到了大幹圍的寫字樓，三伯翹翹的眉毛無風自動，他一邊端著羅盤，一邊豎起大拇指，大贊顏靚找的寫字樓風水特別好。

三伯說，公司江對面的一處地方，風水也很好。顏靚打聽了之後才知道，江對面的是霍英東在番禺的行宮。兩個地方都是風水寶地，顏靚心裡自然開心不已。

「修炳，顏靚在我的風水指點下，一年內財富將增長近十億元。顏靚現在一百人的團隊會倍增上千人，但是有一件祕密不知道該不該說給你聽？」三伯似乎心存顧慮。

「三伯，顏靚能賺那麼多錢，事業又能做得那麼成功，有什麼不好說的？」我遞了根香煙給三伯，示意他什麼都可以說。

「修炳，顏靚未來會遇到他現在還沒有見過面的一位美女，她就是我所預言中的虞姬。這位多才多藝的虞姬才是顏靚的真命天女，項羽再世的顏靚和虞姬今生能修得正果，他們會結婚還能生兒育女，恭喜他們！」三伯突然間眉開眼笑，騰雲駕霧的香煙在他口中噴出來時，感覺特別香，專抽二手煙的顏靚（顏靚不抽煙）也情不自禁地聞香起舞。

「什麼？顏靚的真命天女還沒出現？不可能！瞎扯蛋！」和顏靚一起過來的其中一個朋友能聽得懂粵語，因此他不相信三伯的預言。

結果，顏靚的團隊很快上了千人，財富接近十億。顏靚因請大明星代言產品，而認識了三伯預言中長得很漂亮的虞姬，後來的結果比什麼水果都要甜。

顏靚和虞姬結婚的時候，婚禮花費了五百萬元以上。為了討好顏靚，很多人的禮金動輒十萬元、百萬元的贈送給他。那時候，我的經濟還不算太差，但是我認為只是給禮金太俗套了，對於兄弟的大好日子，我必須要做點更有意義的事情。

顏靚和虞姬的婚禮上，大家能看到劉德華、郭富城、謝霆鋒的背影。那是我花費了兩萬元，聘請酷似劉德華、郭富城、謝霆鋒的兄弟參與的。

顏靚和虞姬的婚禮，我重金邀請香港著名填詞人向雪懷老師，還花鉅資打造了一首描述霸王別姬的愛情故事歌曲《聞香聽濤》（現歌名改成《白頭到老》）。

白頭到老　寶慶、熊愈雯
——白頭到老

我把顏靚和虞姬的愛情故事，娓娓道來給向雪懷老師聽，想不到向雪懷老師也感動了。

向雪懷老師為此歌寫的歌詞，溫暖人心。歌曲錄音是在全亞洲最頂級的錄音棚裡（張敬軒開的）進行的，著名編曲大師盧東尼編的曲（鄧麗君《月亮代表我的心》的曲，也是他編的），現場聘請星海學院最出色的演奏家伴奏，歌曲的意境甜入心脾。我相信顏靚此生能把我徹底地忘掉，肯定也忘不了這首因他而原創的歌曲。這首歌曲，花費了十萬元以上。

霸王別姬的愛情，穿越至今，終於圓滿收場。執子之手，白頭到老。

第十一章：虞姬的美，美出預算，神祕紫薇聖女的美，你見過嗎？

（本玄幻紀實小說超出現實請閉上眼睛用心看）

三伯一共幫顏靚看了四次風水，每次看風水的準確性比照 B 超還要准。

顏靚第三次請三伯看風水的地點是珠江新城的寫字樓，這一層寫字樓是顏靚花了四千多萬元購買的。

三伯說：「修炳，顏靚這一層寫字樓風水一般，顏靚在這裡的辦公時間不會太久。顏靚是有福氣之人，這層寫字樓未來顏靚會以翻倍的價格賣出去。顏靚一年內會增多幾千位員工，因此他未來會擁有面積很大的寫字樓。」

後來，聽一位朋友說，顏靚這層寫字樓以近億元的價格賣了出去。

第四次三伯幫顏靚看風水的時候，我已經徹底破了產。

也是因為有求於三伯，很久沒有聯繫的顏靚，才打了一個電話給我。

「修炳，我們好久沒見了！我現在在珠村這裡弄了兩棟寫字樓，有兩萬多平米，裝修過千萬，超級豪華，這兩棟寫字樓是以我企業名字命名的。這兩天，能否邀請三伯來廣州幫我看風水呢？」顏靚那熟悉的聲音再次從耳邊傳來。

落魄的我知道，顏靚是有求於三伯才會聯繫我的。雖然我當他是兄弟，他不一定當我是兄弟。但是只要我還有一口氣，就算是我的情敵，我也會幫忙。因為我深知萬一有天我走了，情人還能有個伴。

「三伯，顏……顏靚現在又搞了兩棟寫字樓，顏……顏靚說邀請您來廣州再幫他看風水，您……您這兩天有時間嗎？」破產的我說起話來有點破傷風，語氣也很感冒。

「修炳，說心裡話，如果不是因為你，顏靚每一次的風水我都不想幫他看。你也知道，我在九十年代初指點你岳父挖了價值兩千多萬元的黃金，你那重情義的岳父給了一百多萬元給我，還以兄弟相稱。因為我年齡在你岳父那幫兄弟裡排第三，因此你們晚輩才稱呼我為三伯，所以三伯我從來不缺錢。作為風水大師，上天對我非常好。我有三個上進的兒子，現在也有了幾個活潑健康的孫子，所以我非常感恩，這段時間想陪伴家裡人。」三伯的語氣裡充滿了對親情的眷戀。

「三伯，如果您能騰出時間來，就再到廣州幫顏靚看看風水吧！顏靚比較信任您，所以三伯您給我個面子，再幫幫他！」不知道為何，對於兄弟感情，我有時候看得比愛情還要重。

「修炳，顏靚現在這種身分拔根毛都能把你撈起來，但是他沒有這樣去做。而你對他卻沒有一點怨恨，還是一如既往地支持他，這世上唯有你，讓三伯心服。

修炳，不知道為何？在你身邊我總是感覺到莫名的欣悅，連接到你的電話也會莫名地興奮。

修炳，三伯不幫你看風水是有難言之隱的。

你家裡起房子的時候，無論你怎麼求我，我也沒答應幫你。

我起卦的時候也算到了，你不信風水的父母會隨便找一個風水師，也會找到一個全宇宙最破的日子奠基，用了這個日子，按常理來說，你是一定會死的。

善良下去，能戰勝一切苦難，三伯深信這個信念。因此，我當初明知道這個全宇宙最破的日子會誕生，也沒有阻止你，如今你還未死，已經見證了善良的力量。

修炳，你不能怪父母，也不能怪給你們看日子的風水大師，他們都不是故意的。因為那位風水大師看的是山寨版的黃曆，他能歪打正著算出全宇宙最破的日子，也算他有真本事了。

修炳，你不能怪你的妻子小燕，不能怪你的兄弟顏靚，不能怪你身邊的任何人。用了這個全宇宙最破的日子，所有人對你都會莫名其妙地產生厭惡感，所有不好的事情都會陰差陽錯地在你身上發生，你會從萬人迷成為眾人恨，你會熬盡人間的苦難。

修炳，要怪就怪三伯。因為三伯深諳天機的精髓，知道讓你一個人受苦，能換來眾生的幸福。天地為心，蒼生為念。站在眾生的角度上，三伯故此對你自私了。

這九死一生的破局，一般來說很難有人能活著走出來，但是你現在還好端端地活著。『人有善念，天必佑之』這句話在你的身上有了最好的闡述。

三伯不幫你看風水，也不幫你解圍，但是你對三伯依然一直很尊重，這讓三伯更喜歡和你相處，也讓三伯對你另眼相看。

修炳，你承不承認自己是紫薇聖人不重要，但是求你幫三伯寫本書是最重要的。三伯一直要求你把你的所有經歷寫成一本書，是有原因的。寫出這樣的書，會讓很多輕生者看了不想輕生；這樣的書會讓人只產生愛，不會記住恨；這樣的書能讓眾生離苦得樂……

修炳，若這本書寫好，將來會翻譯成各種語言在全球流行，有人的地方就會有這本書。將來的你比顏靚還更有錢，到時候你想幫誰就有能力幫到誰了。

修炳，若你一定要請三伯來廣州幫顏靚看風水，三伯有一個小小的要求，就是求你答應為三伯寫一本書，這本書名字就叫《燒餅歌》，你一定要寫出來！」三伯翻看明朝流傳下來已經泛黃的預言書《燒餅歌》的影子，又在我的眼前浮現。我不知道，為何三伯對這個屬於虛擬狀態的紫薇聖人和未證實的一些預言，如此執著？

「三伯，我考慮一下！」我知道只有故事沒有筆墨，很難會寫出一本好書。而且三伯說的很多事情，讓我自己都在懷疑。比如，歷史書上不存在的紫薇聖人，什麼世界大同、天下一家，中國統一後會成為世界上最強大的國家，佛的國度在遙遠的星球上，中國貴州天眼FAST將會發現外星人……

「三伯，好的！」為了讓三伯再來廣州幫顏靚看風水，我只能暫且忽悠三伯了。

「修炳，以前幫顏靚看風水，都是你親自開車從羅定接我到廣州。你現在是什麼處境，三伯最能體諒，這一次我自己搭汽車到廣州。這一次也是我最後一次幫顏靚看風水，未來你會懂的。」三伯答應了我的請求，只是不知道為何，我感覺到三伯的語言裡似乎藏著一些玄機。

「謝謝三伯，明天我在廣州接您。」能在手無縛雞之力的時候，還能再幫顏靚一把，我想我也算是盡力了。

那時候，我送給前妻的寶馬汽車已經被銀行扣押，自己的商務車也已經低價賣掉。在沒有共用單車的年代裡，我只能拼公車到芳村的窖口站接三伯。

接到三伯，我感覺到他蒼老了許多，沒有蒼老師性感的三伯讓我有所感慨：歲月如梭，斑駁了流年，也蒼老了容顏；時光似硯，染黑了木耳，也映紫了葡萄。蒼老師不愧是蒼老師，在葡萄未成熟時，她已經拍下了很多大片。原來有些青春用手挽留不下來，用手機卻可以。不知道蒼老師老的時候，是否依然性感呢？我相信我老了，依然感性。

我們人在廣東省，所以要省錢。因此我接到三伯後，我們一起乘坐公車，前往以顏靚企業名字命名的兩棟大樓。不過，公車速度比賓士豪華轎車稍微慢一點。

到了以顏靚企業名字命名的兩棟大樓後，三伯也不休息一下，就在門前拿著羅盤到處勘察現場，他已經老態龍鍾的七星步伐在我眼裡看成了三星手機的手勢密碼，我記得那時候流行的是蘋果 4 手機。

沒有多久，顏靚的黑色勞斯萊斯轎車到達了門口，穿著西服的司機兼保鏢彬彬有禮地打開了車門。只見顏靚牽著一位美女的手緩緩地走了出來，樓下的同事們紛紛讓出了一條道。

「修炳，當她從人群中迎面而來，我就肯定這個人就是她，她就是我預言中的虞姬。我們原來相隔千裡，是前世的約定，讓我們又再相見……」三伯不知道為什麼，突然興奮了起來。他剛剛一直盯著羅盤的雙眼，現在緊緊地看著從車裡走出來的美女，那種眼神怪怪的。

「三伯，三伯，我是顏靚吖……」顏靚一下車就想握三伯的手。

而三伯沒有任何回應，一直看著那位美女喃喃自語：「《燒餅歌》的預言太准了，虞美人的美，美出了我的預算，貌若天仙，國色天香，傾國傾城，怪不得項羽那麼愛她？虞姬和項羽真的是天生一對，地配一雙，怪不得那麼多文人墨客……」

「三伯，三伯，顏靚和他的夫人到了。我們是來看風水的，不是來看美女的。」我伸出雙手，想把三伯那望眼欲穿的眼神攔截下來。

「修炳，你看虞姬的氣質比預言的還落落大方，項羽的帥氣比預言的還要英氣逼人，怪不得《霸王別姬》能成為中國古典愛情中，最經典、最蕩氣迴腸的燦爛傳奇。」三伯冷靜下來後，在我的耳邊呢喃著。

此時，我卻因為三伯的話好奇起來，偷偷地瞥了一眼三伯預言的虞姬，看看虞姬究竟長得什麼模樣？

只見她肌膚勝雪，雙目猶似一泓清水。顧盼之際，自有一番清雅高華的氣質，讓人為之所攝、自慚形穢、不敢褻瀆。但那冷傲靈動中，頗有勾魂攝魄之態，又讓人不得不魂牽夢繞。

「修炳，我今天請你和三伯來看風水，你們現在都在看啥？」顏靚用腳輕輕地蹬了我一下。

「嗯，嗯。」我馬上把雙眼閉上，把虞姬不用 P 也那麼漂亮的圖像截屏發送到腦海裡。

說實話，一般兄弟的女朋友或者妻子的樣子，我基本上都有點含糊。因為我知道，兄弟妻不可欺；更知道，兄弟的妻子如果漂亮，更不能直視。所以顏靚和虞姬喜結連理後，我是第一次那麼認真地看了一眼如此漂亮的虞姬。這一瞥，讓我發現了新大陸：原來這地球上，不只前妻一個人漂亮。

在顏靚和虞姬的陪同下，我們走進了大門。只見一樓大堂裝修得豪華又時尚，每個人進出都要打卡，全部智能化管理，顏靚的與時俱進精神讓我佩服萬分。

「三伯，我的辦公室在二樓，有請！」顏靚在一群保鏢的簇擁下，親自按了一下電梯的按鍵。

「修炳，怎麼你也來了？好久不見你了，有時間常來我這裡喝茶，我的辦公室在樓上。」一出電梯門口，就碰見了很久沒有見面的 Ken。

「Ken，你這裡環境不錯，只是我現在混得不好，所以比較少聯繫你們，祝你們生意興隆！」不知道為何，在 Ken 面前說話，我還能有點自信。

「修炳，你這個兄弟 Ken 現在還是有點壓抑，但是幾年後，他會變得很有錢，你要留意他，他在你身陷囹圄的時候能真心幫你一把！未來他的樣子，能活出他想要的樣子，他未來會比現在帥。」三伯每次見到Ken，都會在我面前誇讚他。

「三伯，我的辦公室就在這個角落了。我平時辦公時間不多，因此選擇了這個小房間，大的辦公室讓給他們。」已經很有錢的顏靚對自己的要求還是比較簡單。

「顏靚，你真有眼光。你挑的方位旺丁又旺財，你坐的這個辦公室怎麼擺都是吉位，我幫你看了幾次風水，裡面怎樣擺設你自己都會了，恭喜你！」三伯連羅盤都不擺弄一下，就一直看著虞姬，然後心不在焉地對著顏靚道。

我悄悄地扯了一下三伯的衣角，示意他不要總是盯著虞姬。因為我能察覺到虞姬對我們的言行舉止有點反感，畢竟誰都不喜歡一直被人盯著，尤其是特別漂亮的美女。

這時候，我看見虞姬和顏靚不知道說了些什麼悄悄話。

沒多久，顏靚走了過來，和我說：「修炳，這裡有一千元，你拿著請三伯吃中午飯。我們忙其他事情，就不陪三伯了。以後我們出來唱歌喝酒，不用你再掏一分錢了，記得等我的電話！」

「顏靚這裡很快有幾千人上班，顏靚身家最高時能上百億，顏靚未來會進入政界，馬雲和馬化騰將和顏靚走在一起……」三伯突然閉上了雙眼，站在原地一動不動地喃喃自語。

「三伯，您的預言有點誇張了。馬雲、馬化騰和顏靚都不是同一個等級的人，怎麼可能走在一起？」我拉著三伯的手示意他我們要走了。

「因為大愛，馬雲、馬化騰將和顏靚走在一起。虞姬和顏靚都是有大愛的人，這輩子她和他會創立很多慈善事業。虞姬和顏靚今生今世會很幸福，我們的未來都會好起來……」三伯似乎非要把話說完才願意走。

「修炳，你們先走吧！我們這裡比較忙，下次看風水再找三伯，這紅包是我老婆大人給的，你轉交給三伯。」顏靚看著我們還沒走，於是走了過來，拿了一個紅包給我。

「三伯剛剛說的話，還要翻譯給你聽嗎？」我知道顏靚以前經常要我把三伯說的羅定粵語翻譯給他聽。

「不用了，謝謝！」顏靚似乎對三伯的預言，已經沒有太多興趣。

我把紅包遞給三伯，然後請三伯在附近餐廳吃飯。

「修炳，以後我不會再幫顏靚看風水了。」三伯喝了一口濃茶後眼睛有點濕潤。

「三伯，是不是紅包太小了？還是這次的接待不夠周到？」人瘦錢包也瘦的我，捏著顏靚的紅包，就知道這個紅包像吃了減肥藥一樣變瘦了。我們第一次請三伯看風水時，每人給了三千元紅包，估計這次的紅包只有一千多。不知道三伯說這番話，是紅包小的緣故還是有其他的原因呢？

「修炳，三伯怎麼是那種人！錢對於三伯來說，永遠都是身外之物，三伯對錢看得一點都不重。顏靚現在這種身分還能親自接見我們，已經很不錯了。虞姬和顏靚在三伯心目中，永遠是大人物，他們永遠是三伯喜歡的人。

因為虞姬比預言中更漂亮，因此今天三伯多看了虞姬幾眼。三伯在看虞姬的時候，還在幻想著那位和你說了很多遍的『紫薇聖女』，可惜這輩子，我已經無緣見到這位預言中全宇宙最漂亮的美女了，和『紫薇聖女』相遇，唯有寄望在世界大同時。

顏靚就算未來有百億身家，和我們也沒有多大關係，我們只是起了輔助作用而已。這財富是與他自身的努力和奮鬥有關的，我們付出的時候就不要想圖回報，這樣才能睡個安穩覺。

顏靚和你是宿敵，你如果天眼開了，你就會明白，你前幾世負他的，今生來還。

所以，你不能怨恨，在你最困難的時候，他不幫你。這一世你要忍辱負重，世間的美好才能在這個時代出現。

總有一天，顏靚會懂得你對他的好。

下一次顏靚再找我看風水，一百億也請不動我，到時候你會懂的。」三伯說的話，讓我有些聽不懂。（顏靚第五次想請三伯幫看芳村幾百畝產業園風水的時候，三伯已經在家鄉安然仙逝，那時候我懂了。）

當時，我對三伯說的話，確實聽不懂，只懂得親自送三伯到汽車站。

到了車站，三伯拍了一下我的肩膀，然後笑著說：「修炳，我知道你現在窮，也知道你一定會搶著幫我買車票，所以三伯也不客氣了。三伯希望你能買張晚三個小時開的車票，我們好好聊聊。」

對於三伯的要求，我從來都是有求必應。就像美女求我的時候，一定是有求必硬。

我們不登山不出海，就這樣在車站裡坐著，看人山人海。

「嘀鈴鈴，嘀鈴鈴……」我的手機忘記了調震音。

突然間，我變得坐立不安，我知道打來的都是催債電話。高利貸打來的，通常說的不是砍手就是跺腳的，還有說捅全家的，好像肯德基的全家桶都是他家配製的；銀行打來的，通常都是說要抓人的，似乎欠債就一定要坐牢……

為了不讓三伯擔憂，我把電話掛了，然後裝著若無其事地說，要回去擺地攤賺錢。

三伯把我給攔住，他慈祥的眉毛似乎會說話，他的嘴巴本來就會說話，三伯看著我認真地說：「修炳，這裡五分鐘內就會狂風驟雨。你現在去公車站，肯定會變成落湯雞，這雨下三個小時就停了，這期間我們好好聊聊。」

我看到窗外的天空萬里無雲，低下頭的時候卻發現一個剛剛出站的中年婦女（有點像希拉裡），因為暈車吐得稀裡嘩啦的。我的心裡在想，難道這也算是狂風驟雨？

我無可奈何地又坐下來，看著人來人往，每一張臉卻只看一眼便忘了，因為我發現，沒有一張臉有我的前妻漂亮。

前妻的美，生了四個孩子還是那麼美。

虞姬的美，美出預算，神祕紫薇聖女的美，你見過嗎？

第十二章：紫薇聖人，易經高手的偶像，他會在我們眼前出現嗎？

（本玄幻紀實小說超出現實請閉上眼睛用心看）

「下雨了，下大雨了！」站在車站外面抽煙的幾個小夥子，不知道為何一邊呼喊著一邊急匆匆地跑了進來，我發現他們全身都濕透了，但煙還沒滅。二手煙在汽車站裡陰魂不散地縈繞著，勾起了三伯的煙癮。

「修炳，來根煙吧！現在外面的人全部湧了進來，我們在室內抽煙沒人發覺的。」三伯在人才濟濟的人群中，擠了一根煙給我。

「三伯，您太神了，您怎麼知道，這裡五分鐘內會狂風驟雨？」我發現，剛才追債打來的電話離下雨的時間不到五分鐘，因此詫異地望著三伯。

「修炳，我是看天氣預報知道的。」三伯故作鎮定，謙虛地回答我。只是我發現，他今天從來沒有看過報紙。

「修炳，這個世界上，天會變，人也會變。你看方才還是豔陽高照，現在已經是狂風暴雨，世間萬物一直都在變。

你家起房子前，顏靚和你的妻子對你的愛，情真意切。當你房子奠基後，一切都變了。這奠基日子，便是一個記錄事物好壞的分水嶺。

花無百日紅，在你枯萎的時光裡，唯有善良地包容一切，方能有開花結果的機會。

這個世界上，沒有十全十美的人，包括我。

古往今來，共患難易，同富貴難。哪怕是你，也很難做到共患難、同富貴，包括歷朝歷代的帝王，因此你不能怪顏靚。

當年，中國在元朝的統治下，漢人的地位卑微三等。百姓們的生活處在水深火熱之中，在這種情況下，很多人紛紛起義。

在元朝末年時，為了讓大家過上有尊嚴的幸福生活，我幫朱元璋攻城掠地。但朱元璋功成名就的時候，首先被幹掉的，就是身邊的功臣。所以幫朱元璋打天下後，我最喜歡的就是歸隱田園、陪伴家人……」三伯這時候說話的表情和鬼谷子上身的米仙表情很像，於是我馬上打斷三伯的話。

「三伯，您經常說某某是某某轉世，難道您是劉伯溫轉世？剛剛您說您幫朱元璋打天下，我知道幫朱元璋打天下的是劉伯溫，三伯您到底是不是？」我突然發現自己也懂得看相了。

「修炳，想不到你還有點悟性，這也被你聯想到了。

實不相瞞，諸葛亮是張良的轉世，劉伯溫是諸葛亮的轉世，至於三伯是不是劉伯溫轉世，那就留給大家臆想吧！因為三伯能算出來，你動筆寫《燒餅歌》的時候，三伯已經不在世上了，蓋棺定論比我們現在討論更有意義。

很多人以為靈魂是不存在的，因果輪迴也是不可能的。因此，許多人在難得的人身中，胡作非為、惡事做盡，當這樣的靈魂輪迴到地獄裡才懊悔不已，但為時已晚。

紫薇聖人，就是喚醒眾生良心的人，也是喚醒眾生佛性的人。他的出現讓眾生知道善良的力量，當眾生覺醒的時候，地獄必空，人間將變成天堂。

紫薇聖人，為什麼叫紫薇聖人？這和電視劇《還珠格格》裡的紫薇格格是扯不上邊的，但紫薇聖女和紫薇格格的樣子卻有點像。

紫薇聖人，是紫微星下凡。紫微星是帝皇星，是眾星之主。紫薇聖人為什麼會下凡來到人間歷劫，這是有故事的。

當宇宙即將崩塌時，當仙佛都難以自保時，當生靈塗炭時，高高在上的帝王星為了普度眾生，放下身段，自我封印，以凡人之軀來人間受難歷劫，用耶穌忘我的精神來拯救眾生。

自我封印是什麼？是自己把自己所有的超凡能力封鎖起來，就算生命有危險時也無法打開這個封印。

可想而知，紫薇聖人為了拯救眾生，把自己的高貴生命置之度外。紫薇聖人這種大愛精神，讓三伯肅然起敬，更讓六道眾生臣服。

紫薇聖人的舍我精神，讓所有的仙佛感動。因此所有的仙佛都把自己封印起來，一起下凡來到人間救世。

三伯開了天眼後，發現寺廟裡需要供養的不一定是真佛，任何仙佛是不需要供養的。試想，一個利益眾生的仙、佛，為何還需要眾生供養？

真正的仙佛，在每一個眾生的身邊。只要對你好的每一個眾生，都有可能是真正的仙佛。你對眾生好的時候，你也是真正的仙佛。

紫薇聖人究竟是誰？你把《燒餅歌》寫出來，自然會有人對號入座。

南河吐雲氣，北斗降星辰。
百靈咸仰德，千年一聖人。
書成紫微動，律定鳳凰馴。
……

書成紫微動，當你《燒餅歌》寫到一半的時候，就會有很多自稱紫薇聖人和紫薇聖女的人主動聯繫你，這無數的紫薇聖人和紫薇聖女會無條件地幫助你，到時候誰是真正的紫薇聖人和紫薇聖女，大家自然見分曉，畢竟群眾的眼睛是雪亮的。」三伯老是在我面前說紫薇聖人，不知道三伯是不是從小吃紫菜長大的。

「嗯，嗯。」對於一些未證實的人和事，我只能點頭勉強地附和一下。

「修炳，2018 年，你們將看見藍月亮、紅月亮、銅月亮在同一個晚上出現。這個時候一定更要小心，海陸空交通安全方面會有風險，天災人禍增加。

天有異象，舊的秩序將會改變。

如果紫薇聖人不出來救贖人心，第三次世界大戰可能會在我們這個時代發生，核戰爭會將我們的星球變成火星一樣，這樣的世界大同是最殘酷的。

修炳，你要明白，當兩個人赤手空拳地打架時，最多是兩敗俱傷；若雙方動刀動槍，可能會你死我亡；若大家動用核武器，有可能這個地球就會完蛋，當發生這樣的事情時，三伯懂什麼兵法都沒有辦法。

如果眾人同心，一起向善，將來會是人間天堂的世界大同，三伯希望看到的是這樣的世界大同。雖然三伯知道，人心是最難救贖的。

修炳，你知道嗎？地球是宇宙裡唯一的一個考場，每一個人一生的行為便是答案，考試時間到的時候就知道成績。三伯在有生之年只想透露一下試題，希望人人都能及格，而在無悔的人生軌跡裡鯉躍龍門，登上美好的天堂。

《燒餅歌》你不幫三伯寫，也要為哪吒（人生最大的貴人）而寫，這本書是一本報恩書，能讓所有眾生放棄你爭我鬥的局面，而走向感恩的美好大局。

修炳，三伯這樣來和你說吧！寫這本《燒餅歌》，你會賺很多錢。這本書如果你能寫好，你所有債務都能還清！

如果你不信，有生意頭腦的顏靚將來也會要求你寫！」三伯總是希望不是書生的我寫書。

「嗯。」我已經寫了一個很大的「輸」字，我還能寫「贏」嗎？回答三伯的時候，我的心裡根本沒有底。但是聽三伯說，我寫這本小說能賺錢，內心裡又充滿著期待。

「修炳，你要知道這本書不是為我而寫的，是為眾生寫的。

三伯早已看淡名利，對名利一點興趣都沒有。

如果不相信，你到時候可以問問我的三個兒子，我從來沒有教過兒子學習關於風水方面的知識。

所以你寫這本書，對於三伯來說，根本起不到宣傳作用。

風水，歷朝歷代帝王將相皆因此盛、亦因此亡。

修炳，三伯知道你有天賦，但也不願意教你風水知識，這是有原因的。

你知道嗎？每一個人的出生日期，已經註定了一輩子的總運程。風水大師能把一個人的好運提前，但是不能把後面的窟窿填平。因此很多人在風水大師的指點下，盛極而衰，包括帝王將相。唯有行善積德，方能填補透支的窟窿。

修炳，真正好的風水不用爬山涉水去找，它只在每個人的心裡。只要修好這卦風水，所有的風只是風、水只是水，而這個人不是仙就是佛了。

如果歷朝歷代的帝皇懂得修好心裡這卦風水，對百姓好，眾人亦行善積德，那麼基石會更堅穩。

修炳，你房子奠基的時候，用了全宇宙最破的日子。全宇宙最壞的事情都往你身上一擁而上，而你沒有死掉，幫你戰勝厄運的，正是你心裡這卦善良的風水。

修炳，你不懂風水寫這本書更有意義，因為大家覺得你沒有目的，而更相信你寫的內容，這樣的書才能引領眾生走向善良之道。

當眾生都知道我們這個時代將會出現紫薇聖人時，當人人都想當這個千古聖人時，我們的祖國也將在統一後，大國崛起，美好的世界大同就離我們不遠。

當無數的紫薇聖人和紫薇聖女陸陸續續『粉墨登場』的時候，你能看到他們心懷大愛、普濟大眾，為著同一個夢想（大同世界）而奮鬥。他們誰是誰，見仁見智。我們最關心的是，他們如何各顯神通、團結協作，為中國夢鞠躬盡瘁、死而後已。

世界大同、天下一家……」

「三伯，我想知道我現在的處境應該怎樣面對？四面八方的債主都來討債，前面或許就是懸崖，我現在已經無路可走了，今天都很難過，又怎麼能過好明天？」已經舉步維艱的我，對紫薇聖人一點都沒有興趣。喜歡聽歌的我，當聽到四面楚歌的時候，心如刀割。

「修炳，你將來還有很多劫難，也不知道你是否能夠渡劫？未來的你生死未卜！

但是，三伯能看到，你在歷劫時，會有很多仙佛出來幫助你。

在你九死一生的時候，會有哪吒踩著風火輪下凡救你。

在你痛不欲生的時候，會有杜甫轉世給你精神食糧。

在你饑腸轆轆的時候，十八羅漢掏飯票給你吃飯。

在你無地自容的時候，天蓬元帥拿一座山給你住。

在你疾病纏身的時候，華佗再世用祕方幫你治好病。

在你衣不遮體的時候，文成公主獻出世界上最溫暖的衣服給你穿。……」

三伯說話的時候總是胸有成竹，哪怕這裡找不到一根竹子。不是虛竹的我，聽到這些不著邊際的話，心裡更是虛虛的。《西遊記》裡的人物，怎麼可能從電視機裡蹦出來救我？

「三伯，我的命怎麼那麼苦？你和我爺爺都一樣偏心，好的讓給顏靚，不好的全部都給我，現在還說些騙孩子的話來敷衍我，什麼哪吒？什麼天蓬元帥？有可能嗎……」在絕望的時候，我發現自己根本笑不出絕望的笑容。

「修炳，這個世界是不完美的，生活也沒有我們想像得那麼美好，但還是願你始終保持溫暖和善良，對這個世界溫柔以待！

修炳，你要懂得感恩，放下仇恨。當你心裡沒有一個敵人的時候，你便會天下無敵。

三伯相信你一定會寫好《燒餅歌》，《燒餅歌》裡的每個人物，都會像奧斯卡金像獎獲獎演員那樣出色，每個角色都是最棒的，因為他和她演的就是自己，一個不用化妝也能七彩斑斕的自己。

修炳，上車的時間也到了，保重！」只見三伯把話說完，就健步如飛地往客車方向走去，剛剛還是老態龍鍾的三伯，突然變得仙風道骨起來。

在客車即將關門的時候，三伯掏出了一個紅包，用雙指夾住，往我的方向拋擲過來。只見紅包從門縫裡不偏不倚地，剛剛飛到我的手上，讓我一臉惘然。

我拿著紅包的時候，客車已經啟動，我只能拿著紅包不斷地追著客車奔跑。

「三伯，這個是顏靚給您的紅包。」我不停地敲打著客車的玻璃窗，希望三伯能聽到我的話。

而客車就像脫了韁的野馬一樣，把我遠遠地甩在身後。

「嘀鈴鈴，嘀鈴鈴……」三伯給我打電話了。

「修炳，你怎麼這麼傻呢！你科學一點不行嗎？車都開了，你還喊什麼喊？直接來電話不就行咯！

這紅包是顏靚給你的，因為這次看風水，你比我辛苦，還讓你聽了我一個下午的嘮叨，這一千八百塊你拿著防身。

現在雨停了，未來十幾天都不會下雨，你好好地擺地攤賺錢吧！」三伯那熟悉的聲音，在嘈雜的汽車站裡，變得特別清晰。

我抬起頭的時候，發現天空已經沒有了雨滴，只剩下我滿眼感動的淚滴搖搖欲墜。

這雨足足下了三個小時，三伯對天氣拿捏之準確，令我驚歎。我的心裡也略有遺憾：三伯不當天氣預報播放員，真的浪費了。

一陣暴風驟雨過後，一道五彩繽紛的七色光架在天空，那便是彩虹。彩虹只有在雨後才出現，多麼來之不易，它要同暴風雨戰鬥一番才能展示出自己的魅力。

而我，不是彩虹，而是彩虹戰士，所以在我戰敗的時候，只想保持著呼吸，其他的就看天意了。

三伯預言的各路神仙和紫薇聖人，真的會出現嗎？想知道答案，必須要快活地活著，因為答案要你睜開眼睛才能看到。

在九死一生的時候，我又是如何死裡逃生的？欲知詳情，請看《燒餅歌》下一集！

番外篇一：十年眨眼間，但我忘不了！

十年前的那天，那個時間，我在電腦旁，確定了這個消息！

指縫太寬，光陰太短，十年悄然流逝，那一天卻太難忘懷！

同是地球人，無論在哪一個角落，在浩瀚的宇宙裡，我們都是一家人。

我在廣州，你在何地？

我們，都是靠呼吸才能生存下去的人。

那一刻，很多人沒有了呼吸！

2008 年 5 月 12 日 14 時 28 分 04 秒，

日晷失衡，地龍肆虐。

蜀山迸裂，巨石騰空。

無數生命在黑暗地隙中戛然而止！

大地震顫，山河破碎，

8.0 級地震，萬人以上遇難……

滿目瘡痍，舉國同悲！

那一年，我帶了近百人的同事獻血，扎針的手痛、心更痛！

今天，汶川地震已發生十年。
我們銘記這一時刻，
不是要刺痛漸漸癒合的傷口，
而是要記住災難中不屈的精神！
只有經歷地獄般的磨難，
才能煉出創造天堂的力量！

我們不忘災難中雄起的中國力量，
我們不辜負每一天初升的朝陽，
生死不離，
生生不息……

那一瞬間寫的《默哀三分鐘》，不知道有沒有唱出您的心聲？

默哀三分鐘
詞：劉修炳　曲：秋言
演唱：吳俊毅

月有陰晴圓缺　人有旦夕禍福
地動山搖的幾分鐘　破碎了多少夢

沉痛的廢墟裡　美麗蝴蝶斷了翼
漫天落下的淚滴　侵蝕了大地

默哀三分鐘　什麼都不說
你的感受我能懂　一切在不言中

默哀三分鐘　什麼都別說
寂寞路上多珍重　請你多珍重

我們點燃了燭光　我們雙手合十
願那點點的溫暖　把你的路途照亮

三分鐘沒有音樂　彷彿停止呼吸
讓那虔誠的祈禱　永遠伴著你

默哀三分鐘　什麼都不說
你的感受我能懂　一切在不言中

默哀三分鐘　什麼都別說
寂寞路上多珍重　請你多珍重

……

這一首歌的 MV 圖片，一直想用災難時刻的圖片，但是我沒有用。

我選擇了 2009 年出生的龍鳳胎圖片，作為 MV 的唯一圖片，因為我深信這個世界上有靈魂的存在，或許她和他就是她和他的重生。

汶川十年，
時光穿越災難，

鳳凰涅槃，浴火重生！

十年眨眼間，但我忘不了！

番外篇二：破產、妻離子散、眾叛親離，奔五男人生日該做點啥？未來何去何從？

燒餅也風光過：曾經手下有近百人的員工，有一位貌美如花的老婆，有四個天真活潑的孩子，有豪宅，有豪車，有兩個專職司機，有兩位私人保姆……

在一帆風順的時候，燒餅為了擴充生意，樂觀地借了一筆四分利息一百萬元的高利貸（每個月利息四萬元），燒餅以為未來的事業能超過樂視。

正當燒餅幻想買飛機的時候，燒餅的事業突然墜機。

燒餅從千萬富翁變成了千萬負翁，突然之間什麼都變了。

破產的時候，妻離子散，眾叛親離……

一切不能怪誰，只能怪自己。

眨眼間，燒餅已經四十歲了，這個奔五的男人，生日該做點啥呢？

燒餅懂得感恩，因為燒餅在風光的時候曾經幫助過很多人，因此破產的時候也能得到很多人的幫助，所以燒餅現在還能活著。

如今，燒餅在經濟上已經連自己都幫不上忙，那麼燒餅還能用什麼去幫助別人呢？

燒餅自認為是有血有肉的人，奔五的男人已經不具備賣肉的條件了。但是燒餅還有血，世態炎涼，也不能影響燒餅的熱血沸騰。因此，燒餅在四十周歲生日的時候選擇了獻血。

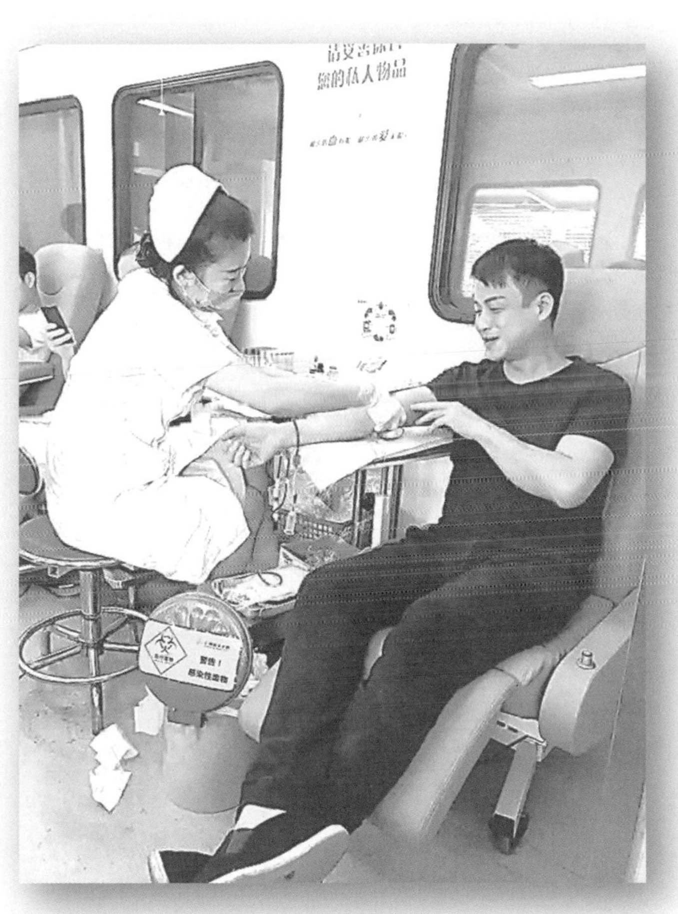
您的私人物品

序号	流水号	方向	备注
1	440111305330701	出库	中山大学孙逸仙纪念医院
2	440111326729301	出库	南方医科大学南方医院
3	440111404026901	出库	中山大学附属第一医院
4	440111365114801	出库	中山大学附属肿瘤医院
5	440111520195901	出库	广州市第一人民医院
6	440111579238401	出库	广州市第一人民医院
7	440111507388201	出库	广州华侨医院
8	440111342287801	出库	中山大学附属第一医院
9	440111411760401	出库	广州市第一人民医院
10	440111529368001	出库	广州市红十字会医院
11	440111558627301	出库	中山大学孙逸仙纪念医院
12	440111383080701	出库	中山大学孙逸仙纪念医院

十年前的燒餅，生日的時候，邀請 20 人來了兩百多人；十年後的燒餅，生日的時候，來了一位十年前也來過的老大哥，只是來的人數已經寥寥無幾。

刘修炳

2007年请二十人来两百多人的大哥来了
2017年不请人的时候大哥来了
这才是大哥大

2017年9月20日 下午11:38 删除

如今，燒餅從負債上千萬到目前欠債兩三百萬。雖然燒餅已經沒房、沒車、沒事業，但是燒餅還有一口氣，如今寫自媒體也能有一點收入，特別是為紀念易經高人三伯而寫的《燒餅歌》粉絲越來越多，有時候偶爾間還能有讚賞，所以燒餅的未來比油條還要香。

寫這篇文章，謹以此送給所有曾經失敗過的人，信燒餅一句話：人，保持呼吸就會有奇蹟！

番外篇三：不比王思聰差錢的帥哥有務農人的務實，他是霍英東的後代霍啟文你知道嗎？

易經高手三伯預言，燒餅會嘗透人世間的苦，還會認識世間上所有不同階層的人，燒餅那時候表示不信。

當燒餅從高高在上的天堂跌落到按都按不住的十九層地獄時，燒餅像彎彎的油條一樣，對三伯的敬佩油然而生。只是這個時候，泰國的總理已經不是他信。

燒餅破產後，以前公司的老同事 Yan 對燒餅一直忠心耿耿，感動得讓燒餅燒開了心。

前幾天，Yan 打電話給燒餅，說她的老闆最近搞了一個水上樂園的專案，想請教燒餅關於銷售上的問題。

燒餅曾經是 Yan 的老闆，對於 Yan 的要求，肯定是有求必應。

燒餅琢磨了一下，於是想介紹向雪懷老師（香港著名填詞人）給她的老闆認識，畢竟燒餅認為添加文化元素對於銷售來說是如虎添翼。

Yan 說，她現在的老闆跟燒餅是不同的，她要徵詢現任老闆的意見。

當時，燒餅不知道 Yan 的老闆是什麼人。燒餅認識賣菜、賣豬肉、賣豆漿……還有賣萌的人，每一個人都值得燒餅尊重。

Yan 的電話來了，她說她的老闆約燒餅和向雪懷老師一起到南沙大酒店吃個飯、碰個面，她說她的老闆叫霍啟文。

燒餅百度了一下霍啟文這個名字，嚇焦燒餅了，此人不簡單。

霍启文	01	霍英东集团

霍启文为霍英东之孙，2009年出任霍英东集团副总裁分管商业地产租赁业务，两年时间让公司收入翻倍，2015年6月主导新成立的跨境电商公司，为香港和欧美的优秀品牌进入内地提供平台；推动大陆和香港及国际消费市场的联动，其正努力在布局新领域，这也将是对他新的挑战和考验；近年来代表霍英东集团积极参与商界要事，同时其还兼任百川汇创会主席。

霍啟文，香港霍英東集團副總裁，香港山西商會副祕書長。霍啟文是霍英東之孫，香港霍英東集團行政總裁霍震寰之子。

這麼大的一個老闆，燒餅想都沒想過會有緣相見，燒餅那一晚失眠了。

Yan 說香港人很守時，燒餅急匆匆地借了輛車開到南沙大酒店，生怕遲到。

燒餅到了酒店不久，向雪懷老師也到了南沙大酒店。

說好的下午六點鐘開餐，可是等燒餅把自助餐都吃了兩遍，還沒有見到 Yan 的老闆出現。

Yan 說，水上樂園今天開張，她和霍生都想像不到有那麼多人來玩。從早上到現在，已經超過一千人入場，為了監督安全事項和照顧樂園裡的孩子們，霍生從早上忙到現在，可能要忙到晚上 9 點後才有空。霍生說失約了非常抱歉，讓我們吃飽再下去水上樂園找他。

霍啟文先生的敬業精神和愛民之心讓燒餅肅然起敬，原來這才是真正的老闆。

晚上 9 點後，我們都吃飽了。在 Yan 的帶領下，我們見到了身為霍英東集團副總裁、自郵行跨境商城 CEO 的霍啟文先生，燒餅在他的身上找不到一點「霸道總裁」的影子。即將而立之年的他，穩健儒雅，眼神溫潤，甚至時不時還有些害羞。

「不好意思，想不到今天會有這麼多遊客來捧場，為了讓遊客們安全，我從早上忙到現在，整個人都曬黑了，這是我長這麼大曬得最黑的一次。今晚失約了，真對不起！」想不到滿頭大汗的霍啟文先生，一見到我們就謙虛地向我們道歉。

「霍生，沒有關係。你和我都是香港人，大家能體諒。你的敬業精神，值得我們學習！」向雪懷老師拍了拍霍啟文先生健朗的後背，爽朗地笑了起來，然後送了一本《愛在紙上游》給霍啟文先生。

「霍生，久仰你的大名，想不到你長得如此之帥，我們能一起合個影嗎？」燒餅認為臉皮厚的人應該能厚德載物，所以厚著臉皮問了一下霍啟文先生。

「可以，怎麼不可以呢？來，我們一起合影！」想不到霍啟文先生平和起來，會讓整個世界都和平起來。

於是，我們有了幾張和霍啟文先生合拍的珍貴照片。

臨走時，燒餅發現幫我們拍照的助理——「哪吒」還沒有和霍啟文先生合影。

哪吒，是燒餅的恩人和貴人。如果沒有哪吒的出現，燒餅估計現在已經不在地球上了。

這麼重要的一個人，燒餅怎麼能忘了呢？

「霍生，能否和我這個助理再拍一張合影呢？」燒餅臉皮本來已經很厚，再厚一點又何妨。

「這位靚女，我剛才忙了一整天，現在全身都是汗臭味，你不會介意吧？」想不到低調內斂的霍啟文先生，會說出一句如此震撼人心的話。

這一刻，整個場面充滿了溫馨。

不比王思聰差錢的帥哥，有務農人的務實，他叫霍啟文，你知道嗎？

當那麼有錢的人都比我們低調、務實、勤奮，我們還怎麼好意思不努力！

霍啟文先生，是一個讓燒餅敬佩的人，感恩！

番外篇四：紫薇聖人、紫薇聖女真的是神祕千古聖人？他像鄧超？她像林心如？

風水大師三伯在燒餅面前多次提起，目前還屬於虛擬狀態的「紫薇聖人」，並說「紫薇聖人」渡劫後會出現「紫薇聖女」，屆時將世界大同，人間即天堂。

燒餅學識有限，對於這麼兩個歷史書上都沒有出現過的人，燒餅表示懷疑。

三伯為了讓燒餅相信有這樣的人存在，他還說出了紫薇聖人像鄧超、紫薇聖女像林心如這樣的話。

後來，燒餅百度了一下紫薇聖人這個名字，出現了以下的資訊：

紫薇聖人，是道家預言的一位將在我們這個時代出現的救世聖人；也是很多佛家預言提到的轉輪聖王或者彌勒佛；也是很多西方預言提到的救世主或者彌賽亞，聖人來自東方之中華。所以，西方預言的彌賽亞、佛家預言的彌勒佛與道家預言的紫薇聖人是同一人。

下面是關於這位救世聖人的預言集錦。

道家預言：

一、《武侯百年乩》

該預言分為三段，最後一段預言了紫薇聖人會出現。

《武侯百年乩》第三段摘錄如下：

「偃武修文日月高。三教聖人同住世。」

「此人原是紫微星。定國安民功德盛。」

「執中守一定乾坤。巍巍蕩蕩希堯舜。」

二、《馬前課》

第十二課預言了紫薇聖人

拯患救難

是唯聖人

陽複而治

晦極生明

三、《推背圖》

第四十四象

讖曰：「日月麗天　群陰懾服
　　　百靈來朝　雙羽四足」

頌曰：「而今中國有聖人　雖非豪傑也周成
　　　四夷重譯稱天子　否極泰來九國春」

第四十七象

讖曰：「偃武修文　紫微星明
　　　匹夫有責　一言為君」

頌曰：「無王無帝定乾坤　來自田間第一人
　　　好把舊書多讀到　義言一出見英明」

四、《燒餅歌》

「品物咸亨一樣形，琴瑟和諧成古道，左中興帝右中興，五百年間出聖君，周流天下賢良輔，氣運南方出將臣，聖人能化亂淵源，八面夷人進貢臨。」

對於紫薇聖人降世的預言，亦有明代劉伯溫國師與明太祖朱元璋的對話記錄，數百年來在佛教中祕密流傳，後傳至吉林省農安寺中，又輾轉傳出。

帝曰：末後道，何人傳？

溫曰：有詩為證：不相僧來不相道，頭戴四兩羊絨帽，真佛不在寺院內，他掌彌勒元頭教。

帝曰：彌勒降凡在哪里？

溫曰：聽臣道來：未來教主臨下凡，不落宰府共官員，不在皇宮為太子，不在僧門與道院，降在寒門草堂內，燕南趙北把金散。

五、劉伯溫《金陵塔碑文》

《金陵塔碑文》預言了國共內戰、毛的姓名、紅朝以及未來的紫薇聖人。

「盈虛原有數，
盛衰也有無。
馬不點頭石沉底，
紅花開盡白花開，
紫金山上美人來。」

很多人會想說，為什麼有這麼多的預言？這是因為紫薇聖人做的是一件前所未有的大事情。他的出現，不只是關乎到中國的和平與統一，還關乎世界的穩定與發展。

紫薇聖人、紫薇聖女真的是神祕千古聖人？他像鄧超？她像林心如？

這麼神奇的人物，燒餅目前還是持懷疑的態度。

你身邊有長得像他們的紫薇聖人和紫薇聖女嗎？

如果有，請告訴燒餅！

後記

意猶未盡的餅粉們，想知道我是如何遇到哪吒和天蓬元帥下凡？顏靚最終是否與馬雲、馬化騰並肩？我在認祖歸宗，尋找爺爺的爸爸根在何方時，如何尋根成功並延續族譜？明朝劉伯溫為何對朱元璋死心塌地，並相約若干年後轉世再尋紫薇聖人？祖宗大愛如何幫助中華大地脫離戰火？中華崛起為何早已註定？是否真有地獄天堂，我是如何體驗無數眾生的驚心動魄的死亡旅程，又見到傳說中的死後世界，並體驗六道輪迴、前世今生之苦的？最後，我那模仿謝霆鋒而名聲大噪的兄弟黃寧，是如何因禍得福買房車賺百萬的？

如今《尋找紫薇聖人：燒餅歌續集（上集）》已經成功出版，感謝所有為了這本書伸出援助之手的餅粉們，也許他們或者她們其中的一位就是聖人呢？那聖女又在哪里？

敬請大家繼續關注《尋找紫薇聖人：燒餅歌續集（中集）》，畢竟如今的燒餅（劉修炳）負債累累，需要邊填飽肚子邊繼續更新，感謝大家的一起努力，希望後續所有章節能早日面世！！！

最後劇透，下集會有更多宇宙謎題的答案：三星堆青銅立人像，祭司懷中抱著的到底是什麼？是什麼讓他們放棄了原本生活的星球？三星堆青銅太陽輪，對沒錯，就是那個看起來像方向盤的傢伙，到底是什麼裝置？是為了逃離星球使用的飛碟、飛船控制裝置？2022年，我在三星堆博物館入定後，看到了答案……

……我偷偷潛入三星堆遺址睡了一覺，發現這裡看星星的角度非常壯觀，這裡的一切都和山海經有緊密的關係，而且和古代的埃及也有關係。原來三星堆和埃及最重要的角色是紫薇聖人，幾千年來所有的神佛，都期待紫薇聖人早日出山，屆時所有的真相都將浮出水面。西遊記和封神榜都是真實存在的，天下大同指日可待，期待拿著飛碟方向盤帶領大家遨遊宇宙……

中集與下集會有驚喜哦！尤其是第 34 章！

國家圖書館出版品預行編目資料

尋找紫薇聖人：燒餅歌續集／劉修炳著. --初版. --臺中市：樹人出版，2023.4
面； 公分
ISBN 978-626-96763-2-3（上集：平裝）

857.7 111020809

尋找紫薇聖人：燒餅歌續集（上集）

作　　者　劉修炳
校　　對　星曜
責任編輯　北辰
發 行 人　張輝潭
出　　版　樹人出版
412台中市大里區科技路1號8樓之2（台中軟體園區）
出版專線：（04）2496-5995　傳真：（04）2496-9901
專案主編　黃麗穎
出版編印　林榮威、陳逸儒、黃麗穎、水邊、陳媁婷、李婕
設計創意　張禮南、何佳諠
經紀企劃　張輝潭、徐錦淳
經銷推廣　李莉吟、莊博亞、劉育姍、林政泓
行銷宣傳　黃姿虹、沈若瑜
營運管理　林金郎、曾千熏
經銷代理　白象文化事業有限公司
401台中市東區和平街228巷44號（經銷部）
購書專線：（04）2220-8589　傳真：（04）2220-8505
印　　刷　基盛印刷工場
初版一刷　2023年4月
定　　價　395元